Self-destructive love 1

自我毀滅的愛

Nichtigall夜鶯

Illust. ——— Junseo峻曙

Translator —— 翟云禾

Presented by Nichtigall with Junseo

Self-destructive love

CONTENTS

00 Prologue

獵犬

溫馨的房子裡面擺放著手工編織的地毯、沙發套和桌布，整體給人一種很可愛的感覺。

吱吱作響的搖椅上，拿著鉤針編織的老人正在打盹。她似乎正在編織蕾絲花邊，一塊非常精緻的半成品還掛在她的鉤針上。

雖然家中充滿著溫暖和藹的氣氛，但是仍然有部分黑暗之處。

老人並不是獨自一個人在家。

門邊有一道黑暗的陰影，應該是已經站在那裡很久了。

陰影漸漸變長，並開始慢慢地移動。

影子的真面目，是一個滿頭亮金色頭髮的男子，這讓人不敢置信他竟然可以躲得如此隱密。

在髮絲間隱隱約約露出像野狼般的蔚藍色眼珠，令人印象非常深刻。緩慢且無聲的腳步，讓人覺得他是一隻準備抓捕獵物的野獸。

他身旁壟罩的氛圍，比起高雅更偏向野蠻，與其說是知性，反而比較接近充滿力量。

男子慢慢地舉起了懷裡握著的東西，那是一把黝黑沉重的槍枝，看起來非常靈巧。

所有的事物突然之間變得和現場寧靜的環境格格不入，像是一場可怕的噩夢。

男子的手指頭毫不猶豫地移動到板機上，將槍口瞄準老人的頭部。

打盹的老人感受到太陽穴傳來的涼意，突然睜大雙眼。

「阿納斯塔西亞。」

男子的大半臉龐都被陰影所壟罩著，因此看不出他的表情，但是被槍口瞄準頭部的老人，反應卻很冷靜。

「妳以為妳可以躲到什麼時候？」

從他口中吐出的聲音，是會讓人耳朵發麻並感到毛骨悚然的低沉男音。完美無瑕的嘴唇，輕吐出惡魔話語的微妙反差，讓人再度覺得這名男子似乎偏離了現實。

「克里斯——」

老人佈滿皺紋的嘴唇微微地發顫，似乎想要辯解些什麼。但就在此時，老人重新拿起鉤針，應該是想要反擊。但是她的手似乎被無形的力量壓制，完全動彈不得。

「我不是說過了嗎？妳沒剩多少時間了。」

來找阿納斯塔西亞的是一名無情無義的男子。

碰！

老人的手垂了下來。她手中的蕾絲編織物，漸漸被暈染成紅色。

翌日，十一月大洲上惡名昭彰的毒販阿納斯塔西亞被發現已經死亡多時。

01 Chapter one

異能者聯盟的新銳

Self-Destructive love

六月大洲的中心地帶，遵義的市中心有一座令人景仰的建築物，就是異能者聯盟的總部極光。

極光從外部來看是一間非常普通的公司，但是所有進出那扇門的人，都不太平凡。

有些人是可以從虛無中引起水和火的元素系超能力者，有些人是懂得讀心術或是可以隨意傳遞訊息的精神系超能力者，還有些人是可以強化身體或是自由調節力量的強化系超能力者，以及不包含在以上範圍的特殊系超能力者等等。

世界統稱他們為「異能者」。

在過了一般的上班時間後，一名亮金髮的男子打開了極光的門，走了進去。

「早安。」

聽到男子低沉的聲音，櫃台前的兩位職員也跟他打了招呼。職員們正想著男子為什麼不直接進去，接著男子便拿出了臨時身分證。因為這裡的保全制度非常嚴苛，男子還沒拿到異能者職員證，必須要人工審核他的身分。

「克里斯？」

在確認完身分之後，金髮男子就從兩名職員身邊進去了。

閃亮的金髮讓他們留下了深刻的印象，兩名職員不自覺地眨了眨眼。

「他是這次異能者的新人對吧？雖然年紀不大，但應該也不算太年輕，他是做什麼的，怎麼現在才出現？」

因為男子外貌出眾，所以走到哪都會引起一陣討論。更何況在這個閒閒沒事的時間裡，大家都會隨便聊幾句。

「我也不知道，他好像快三十歲？本來也就有一些案例是長大了才覺醒超能力的。」

「他第一眼看起來超可怕，我有點嚇到，但是現在想想他比較像一隻大型犬。」

「沒錯，他微笑時還努力克制著凶狠的眼神，我覺得看起來超級突兀，但聽說他的能力是獸人化。」

前輩的完整訊息讓新人連連點頭。

「獸人化的話是強化系沒錯吧？好厲害喔！」

「哪有厲害。」

聽到新人的話，前輩職員忍不住嘀咕了起來。

「沒有舒緩者就活不下去的人有什麼好厲害的。」

聽到前輩自嘲似的自言自語，新人立刻閉上嘴巴。他突然想到，前輩的弟弟也是異能者，但因為找不到舒緩者，所以目前被誘導進入了睡眠狀態。

「我真是多嘴，管不住這個嘴巴。」

全身冒冷汗的新人看到大門被打開了，立刻正襟危坐看著前方，又到了該認真工作的時間了。

☆☆☆

「這是異能者的職員證。」

金髮男子克里斯接過身分識別證後，低頭致意。

「謝謝。」

「你的年紀就登記成與外貌相符的二十九歲。獸人化本來應該屬於特殊超能力，但是你的身體是強化型，所以就註記成強化系。」

「是。」

「你的訓練成果非常優秀，第一次出任務的結果也非常良好，所以想網羅你的團隊非常多。」

克里斯邊看著眼前這個笑得非常豪爽的教官，邊玩著手中的身分識別證。自己在受訓後期參與了一場任務，找到了毒品集團的藥販，因此獲得上級的認可。

他自己也不敢相信，四個月前自己還是個一般人，但是現在卻成為異能者聯盟的正式成員。

「那只是我運氣比較好。」

克里斯把異能者的識別證握在手裡，冷淡地回答。

照道理應該是加入聯盟後，進行任務的時候就要拿到識別證，但是因為他比較晚覺醒，所以識別證也比較晚下來。他們認為長大後才覺醒能力的異能者，穩定度比較低。但就算是這樣，擁有獸人化的克里斯也是屬於B級異能者。

加入聯盟之後，聯盟會提供住處，也和其他正式的異能者一樣，有人會幫助你控制自己的能力。一個禮拜至少會跟專業的舒緩者進行一次舒緩課程，跟在外居無定所的異能者比起來，克里斯的運氣真的很好。

「要不要現在去見經理？」

「我今天排了舒緩課程，可能無法去見經理。」

「那你結束再跟我說。」

克里斯答應後，就前往舒緩者中心接受舒緩課程了。

異能者聯盟的建築物格局非常特別。雖然從外面看只是一棟建築物，但是內部卻有第二棟建築物。

兩棟建築物之間只有三樓有一個連接通道，從那邊進入內部建築物的程序非常繁瑣。

首先要掃描身分識別證、虹膜和指紋，再輸入個人代碼。之前只有臨時識別證的克里斯，每次要進入極光的內部建築物，都必須要和一名「陪伴者」一起進去。

如此嚴格地管理進出內部建築物的原因是因為內部建築物住著許多舒緩者。

有著眾多異能者駐守的外部建築物，可以說是保護極光總部舒緩者的堡壘。

經過層層嚴格把關的身分認證程序之後，經過一條看似可以淨化身心的白色通道，走到內部可以看到一塊被裝潢成像花園、並有陽光照射的空間。克里斯等待著接待人，覺得自己此刻彷彿置身森林之中。

眼前的樹枝突然被移開，一名穿著翡翠綠套裝的女子出現在他面前。

「克里斯。」

元素系超能力者身兼管理「入口」植物的亞農出現後，克里斯對她點頭致意。

「亞農小姐。」

「不用這麼客氣，你今天是來接受舒緩課程的嗎？」

「是的。」

「剛剛才有一位異能者先上去了，所以接待人不在，你先在這裡等一下。」

亞農也是一名守門者，如果有人未經許可就走進來，她便會讓三樓的植物迅速生長以擋住大門。

她是S等級，也是極光中數一數二的能者。

這麼尊貴的人才，竟然被分派來看守大門，也許有人會覺得太糟蹋人才。但是舒緩者們身處於隨時會被綁架的危險之中，如此謹慎也不為所過。因為異能者本身就很稀有，舒緩者的人數又遠遠少於異能者。因此舒緩者對異能者來說，可以說是不可或缺的存在。沒有接受舒緩課程的異能者，在使用超能力時非常容易失控。

在舒緩者出現之前，異能者的另一個名字是災難。

世界因為自然災害而被分割成十二塊陸地，每一塊陸地都形成了一個新的國家，新形成的十二個國家，分別以「一月」到「十二月」命名。在新的體系建立之後，世界在人種、文化以及宗教方面都經歷了非常長的一段混亂期。那時候出現了一群可以施展超能力的人，也就是異能者。剛開始覺醒的異能者們，都盡自己的所能在做好事。但是異能者的能力就像是沒有煞車系統的列車一般，越常使用那些能力越無法克制，最終只會走向失控。

努力重建崩壞世界的異能者，瞬間變成了各種災難。應該說，他們更像是不知道何時會引爆的定時炸彈。在那段時期裡，一月大洲上到處都充斥著超能力覺醒者的家人被石頭砸死的消息。

隨著輿論越演越烈，只要異能者一出現就很有可能被人殺害。但是，某天在一名異能者失控的現場，出現了一位讓異能者恢復鎮靜的人，就此改變了這個局面。

舒緩者開始出現。

他們不像異能者可以呼風喚雨，身體也沒有蘊含強大的力量，當然也不會擁有讀心術這種精神層面的能力，但是舒緩者卻可以舒緩異能者的能量。

舒緩課程只對異能者有效用，可以幫助他們減少痛苦以及預防他們失控。

但是舒緩者和異能者有所不同，從外表看不出來舒緩者有特別的能力，因此很難從茫茫人海中找出他們。就連異能者在親自跟他們接觸之前，也無從得知對方是否為舒緩者，所以舒緩者真的非常稀有。

然而舒緩者沒有遇到異能者，他們就無法發揮自己的能力，因此許多人都「不知道」自己是舒緩者。

所以說當舒緩者出現時，他們就會被納為異能者聯盟的人。舒緩者為了保障自己的福利和安全，以及享有身為舒緩者特有的特權，入住極光是最好的選擇。因為舒緩者雖然可以讓異能者恢復鎮靜並治癒他們，卻沒有能力保護自己。

異能者聯盟可以保障舒緩者的安全以及日常生活，但條件就是他們必須要幫異能者進行舒緩課程。

因此在極光的異能者可以固定接受舒緩課程，聯盟人員也為了重建世界付出最大的努力。

異能者聯盟的總部極光，是唯一一個合法提供舒緩課程的場所。為了生存下去，等著加入聯盟的異能者的人源源不絕而來，因此確保舒緩者的數量便成為極光最重要的工作之一。極光給予舒緩者許多福利及優惠，並建立了一套對舒緩者非常友善的系統。

事實上除了極光以外，也沒有任何地方可以確保舒緩者的安危。

尤其是在酷寒的十一月大洲到二月大洲上，可以說是一片灰色地帶，在那裡出生的舒緩者甚至會不知不覺地被帶進黑社會。

被稱為「冬季大洲」的四塊大洲上經常發生舒緩者被綁架的事件，可以說是犯罪的溫床。因為沒有足夠的人力可以控制灰色地帶上發生的事情，所以可以被看做目前體制中央政府的異能者聯盟也陷入了不知如何是好的困境。

這次被逮捕的毒品集團藥販就是住在十一月大洲。

「在這次的逮捕行動之中你功不可沒。一聽到這次進來一名無敵新成員，偵查部表示一定要網羅到你。」

「多虧了我的嗅覺很靈敏。」克里斯謙虛地回答。

「聽說你的觀察力也是數一數二的？」

駐守內部建築物三樓入口的亞農很八卦，話也很多，當她知道克里斯在實習任務中建大功之後，她就一直想要知道詳細的內容。

通常異能者在見到舒緩者之前都會比較浮躁，只要稍微試探一下，就會全盤托出。

但是眼前這名男子就像一座雕像一樣沉默不語。

「你今天被分配到哪一位舒緩者？」

就算外表看起來沉穩，但是異能者這類人的本質是看到舒緩者就會變成一條發情的小狗，亞農以前也是這樣。

「等一下，嗯，因為這一輪還沒結束，所以是一名叫盧卡的舒緩者。」

克里斯打開手機確認舒緩課程的行程後這樣回答亞農。

極光的異能者和舒緩者的搭配行程有固定的週期，這是為了預防異能者太依賴某位舒緩者而犯下罪刑所訂定的規矩。

這件事情是克里斯在接受培訓課程時才知道的。

克里斯也是在那時候看到異能者聯盟和極光的共同創辦人兼前任董事羅森豪爾的著名訪問。

「舒緩者不是異能者的附屬品，而是他們的夥伴，如果不能理解這件事，我們就很難共事。」

在異能者們失控成為災難的時代中存活下來的羅森豪爾在那段訪問中，以強而有力的言論打破了大眾的認知，奠定了極光的基礎思想。

舒緩者是異能者的夥伴。

「啊，那位長得像棉花糖的男子？他是C級舒緩者，所以我沒有見過他，他的舒緩課程還可以嗎？」

亞農是能力出眾的S級異能者，因此在聯盟中只會見到等級較高的舒緩者，她沒有見過等級較低的舒緩者是一件非常稀鬆平常的事。

「我也不知道。」

「看你這麼冷淡的樣子，你們兩個似乎不太契合。」

儘管肉眼看不見，也無法用手指來計算，但是舒緩者和異能者還是可以感覺到自己和對方是否契合。

只要經由一次的舒緩課程，就可以知道這件事。

雙方越是契合，舒緩課程的效果就會越好。異能者和非常契合的C級舒緩者所進行的舒緩課程，會比不契合的A級舒緩者的舒緩課程還要更有效果。

有些比較浪漫的人會覺得那是命中註定的相遇，但像亞農這種比較說話比較直接的人會稱那種情況為「異能者的命運」。因為只要遇到一名非常契合的舒緩者，異能者就會被那名舒緩者約束住。

亞農還想要說些什麼，但她突然停下來並轉過頭。她眼神所到之處，原本好好長在那邊的常春藤藤蔓逐漸褪去，露出了一扇門。

穿著白色衣服的接待人正等在那裡。他是和精神系異能者「簽約」的一般人。

「你進去吧！」

在微笑的亞農身後，樹木輕輕擺動，似乎也在跟克里斯打招呼，但這裡明明就是完全沒有微風吹撫的室內。

接待人幫克里斯戴上一個金屬手環，如果沒有這條手環，在內部建築物裡是無法移動的。克里斯被帶到了會客室，等待片刻後面前的門被打開，舒緩者出現在眼前。

「你好。」

「好久不見。」

亞農口中那位長得像棉花糖的盧卡，的確是一名溫文儒雅的美男子。在克里斯聽到亞農那樣描述他之前，克里斯對盧卡的長相沒有任何特別的想法，他們總是客客氣氣地打招呼。盧卡在克里斯對面坐下後，開始進行舒緩課程。

雖然只是握著手，但是一和舒緩者處於同一個空間，異能者如同本能沸騰的能量就會趨向平靜。

可是一種不舒服的感覺卻朝著克里斯襲來。

雖然克里斯沒有表現出來，但一直以來他遇過的舒緩者都讓他覺得很不舒服，就像是把身體浸泡在髒水的感覺一樣。不過他緊繃的神經依舊逐漸放鬆下來，這表示舒緩課程正順利地進行中。

克里斯曾經想過是不是所有異能者都會有這種感覺，所以他問過其他異能者跟舒緩者見面後的感想。

「超讚的，我覺得整個人快要飛起來了。」

「如果世界上有天使的話，應該就是在說舒緩者。」

「那種飄然的感覺是任何藥物都比不上的。」

不知道是不是因為還沒找到契合的舒緩者，克里斯還沒有經歷過他們口中所描述「超讚的舒緩者」。

「你還是一樣沉默寡言。」

盧卡打破了沉默，不知道是不是因為他臉皮比較厚，跟其他只做完舒緩課程就離開的舒緩者比起來，盧卡每次都會客氣地說幾句話，但是克里斯的態度卻從來沒有任何變化。

「呃，對不起。」

舒緩課程很快就結束了。

「你是不是覺得我的舒緩課程很普通？」

盧卡小心翼翼地詢問克里斯。他來到極光已經有一段時間了，卻是第一次遇到像克里斯這種做完舒緩課程後總是面無表情的人。

也許是自己等級的關係。因為舒緩者人數非常不足，所以B級異能者也會遇到像自己這種C級的舒緩者。

「不是的。」

「應該還是因為等級不同，所以無法進行得非常完善，真是讓人煩惱。如果你需要的話我也可以用擁抱的方式進行舒緩。」

大家都知道接觸得越親密，舒緩課程的效益就可以發揮到最大。科學家認為舒緩課程是屬於一種交流能力，所以情感和感受越是緊密時，效果就會越高。

但是極光很嚴格的監控異能者和舒緩者之間不必要的接觸。就算舒緩課程的效果降低，如果舒緩者不同意的話，異能者不能和舒緩者有牽手以上的接觸。如果舒緩課程不用接觸就可以進行的話，極光也會禁止他們牽手的。

「我覺得不用。」

克里斯態度堅決的劃清了界線。

一同參與舒緩課程的接待人很氣餒地看著自己帶來的異能者，之前聽說這次有一名怪物新人，看來就是自己眼前這名男子。

克里斯．極光。

被極光賦予姓氏的男子表情非常冷酷。別的異能者一看到舒緩者就會馬上攀關係，但是這男子卻沒有什麼反應。就連盧卡這種還不錯的C級舒緩者親切地跟他說話，他還一副興致缺缺的臉。

沒有任何異能者會對舒緩者不感興趣，這是不變的真理。為了以防萬一，異能者和舒緩者共處一室的時候，旁邊會有一名接待人攜帶可以射出催眠針的手環。但是克里斯看起來總是很正經，他根本不需要接待人。

難怪這次在逮捕毒品集團藥販的戰役中，克里斯如狼般的獸人化超能力被傳開後，內部建築物的接待人群組中，還有人開玩笑地說他根本不是異能者，應該是狼獸或是狼人。

「我過陣子會被派到其他地方，今天應該是最後一次跟你一起進行舒緩課程。」

舒緩課程一結束就把手抽走的克里斯點頭致意。

「路上小心。」

舒緩者也有可能會被派遣到其他大洲，因為除了六月大洲以外的地方也都有異能者，如果沒有舒緩者，他們就無法在社會上立足。

「你似乎也不覺得可惜，但也是因為你這麼冷靜，我才可以自在地跟你說話。」

盧卡從座位上站起來對他揮手。

「再見。」

舒緩者出去以後，克里斯也跟著接待人離開了。他操作手機向教官回報自己已經結束舒緩課程，然後接到回覆要他前往外部建築物十樓。那裡是負責所有陸地上的犯罪事件的「現場組」，接著他收到可以使用十樓電梯的權限。

☆☆☆

「快點進來。」

克里斯認出了張開雙臂跟自己打招呼的組長，是他目前唯一一次參與任務的指揮官。雖然不記得他的名字了，但他是強化系的能者。他不像克里斯一樣可以使用獸人化技能，但是他可以短暫增加自己的身體爆發力。

「我是你未來的指揮官，A級強化系的陽特．君特。」

「我是克里斯．極光，隸屬B級強化系。」

陽特大笑地說自己知道，便馬上進入了主題。

「你還記得在你進入實戰的時候，在完全獸人化的狀態下找到的人嗎？」

「記得。」

對方是吸毒者，所以可以利用味道找到他。變身為野狼的克里斯用靈敏的嗅覺發現了藏身在空貨櫃裡的男人，並把他移交給負責這次案件的部門。大家異口同聲對於在掃蕩殘軍任務中建了大功的克里斯讚不絕口。

「我在審問他的時候，得到了意想不到的消息。」

「是什麼？」

「十一月大洲的統治者游離・索伯烈夫的獵犬克里斯・丹尼爾失蹤了。」

看到眼前被克里斯這個名字嚇一跳的異能者新人，組長忍不住笑了。

「不過那個克里斯是使用念力，和獸人化超能力的你完全不一樣，你們只有名字一樣而已。」

自己也聽說過一些關於游離・索伯烈夫獵犬的傳聞。他是世界上不到二十位的S級異能者之一，也是念力超能力者。他的綽號獵犬比他的真名更常被人們提起，而且還帶有著各種可怕的傳聞。他犯下許多殺人案件，但因為他使用念力，所以大部分都被當作是意外，很難抓到他的把柄。

甚至因為他的關係，十一月大洲上常駐的異能者都撤退了，只剩下零星派遣的異能者。

「上級認為游離・索伯烈夫的人都不見了，現在正是讓十一月大洲恢復正常的機會，所以要我們派出一組由異能者和舒緩者組成的團隊。」

「我聽說十一月大洲的極光分部中只剩下辦公人員和派遣的異能者，如果要讓舒緩者常駐在這裡，會不會太危險了？飛船也有可能遭到劫持……」

組員裡有人提出了合理的疑惑，綁架舒緩者和人口買賣一直是個很棘手的問題。

「但是也不能一直這樣下去。如果沒有人採取行動的話十一月大洲就要毀了，住在那裡的一般人也都會完蛋。」

聽到陽特口中說的殘酷現實，其他人也只能同意。那些人應該也是擔心舒緩者的安危，才會忍不住站出來說話。

「那我去準備出發。」

聽到克里斯淡淡說出那句話，陽特有點驚訝地看著他。

「你怎麼知道你被選為前往十一月大洲的特別小組？」

「我認為身為新人的我，如果沒有特殊原因，應該不需要聽任務說明。」

雖然克里斯覺得自己才剛覺醒，不知道幫不幫得上忙，但是這也不是他可以決定的，他只能聽取上級的指示。

「你應該很意外卻沒有反抗，我覺得非常好。我等一下就把行程傳給你。」

陽特指著手機說，極光使用的是精神系異能者所建立的特殊網路，那個網路只有內部人員所擁有的手機才能讀取到資料。

「喔，對了，我忘記這個了。」

陽特丟了一個亮晶晶的東西給克里斯。

「歡迎你加入老鴰隊。」

克里斯看著手中接住的物品，是一個刻有黑色烏鴉的徽章。

「你在十一月大洲上要裝成一般人，應該是不需要這個，但還是先拿著以防萬一，也是為了讓你比較有歸屬感。」

陽特嘴裡哼著「新人果然還是新人」然後走了出去。

「老鴰隊……」

克里斯輕輕地握住徽章。既克里斯的識別證之後，現在又出現了可以證明自己「所屬」的物品了。

02 Chapter two

游離

克里斯上飛船的時候已經是接到任務後的第四天。這四天內克里斯經常打開手機反覆地確認內容，裡面記錄著他的出生和姓名等假身分，還包含了他在十一月大洲要住的地方。

仿照舊時代飛機所製造的飛船，是由元素系中可以掌控風力的異能者來操控，所以飛航過程比以前還要安全。如果硬要說它的缺點，那就是元素系風力異能者的人數不多，所以飛船的航班相當有限。

因為陸地被分割成十二塊，飛行的頻率也變得比以前高出許多，但是目前的情況卻是供不應求。因此有人表示有鑑於飛船的價值暴增，只要有風力異能者覺醒，那麼他的子孫三代都可以不愁吃穿了。

科學家們希望能夠重啟飛機航班，有部分的人也透過媒體表示曾經成功地完成飛行測試。

但是到目前為止飛機航班仍然沒有開通，因為現在的資源比舊時代稀少許多，在尚未得知引起環境劇烈變動的原因到底是什麼的情況下，沒有辦法輕易挪用舊時代使用過的天然資源。

有的人說，在十一月大洲那個地方，也許還埋藏著許多石油。許多人預言，只要把統治十一月大洲的游離·索伯烈夫驅逐出去，世界重建的速度就會變快，也可以回到舊時代的興榮和富足。

但是游離・索伯烈夫的堡壘非常堅固，沒有人可以攻進十一月大洲。這段期間，研究飛機的公司都漸漸破產了，追尋夢想以及致力於開發機身的科學家和工程學家也都負債而逃。

這也是異能者聯盟沒辦法處理冬季大洲的原因之一。因為飛船能乘載的人員有限、航班又少，所以很容易曝露行蹤，大大地增加了異能者們潛入冬季大洲的難度。即使異能者設法潛入，大多數的人都下落不明或是身亡。

「歡迎搭乘SH-2938號飛船，我是這班航班的船長金髮尤物。我們將由九月大洲飛往十一月大洲，預計飛行時間為六個小時。飛行時間可能因為天氣變化而有所改變，請各位小心氣流變化。」

穿著異能者聯盟制服的飛船船長，透過座位的螢幕向乘客打招呼，有著一頭美麗金髮和黝黑皮膚的女子挺起胸膛解說這次的飛航行程。

正當畫面要關掉時，上面出現了綠色極光在暗黑天空中流動的美景，同時異能者聯盟的標誌也跳了出來。

就像是現在這混亂的時代中，唯一的希望一樣。

「讓極光守護您充滿希望的未來。」

這段文字跑完之後，畫面才真正關起來。

只要有異能者去支援的地方，就一定會出現這個廣告。這是六月大洲的政策之一，廣泛發送這種公益廣告到所有大洲，進而扭轉異能者的形象。

在舒緩者出現之前，有許多城市都因為異能者失控而毀滅，也有非常多人因此失去他們的房子、事業甚至家庭。

這種情形不斷發生，使得異能者的存在成了一種危害並遭受到抵制。雖然他們是因為無法控制自己才犯下這些案件，但這不能當作犯案的藉口。因為一般人無法對抗強悍的異能者，所以開始發生一些舒緩者被殺害的案件。有一些異能者會把欺壓自己舒緩者的人殺掉，並加入黑社會。

畢竟異能者也是起源於人類，如果繼續這樣下去，人類和異能者就無法共存。因此，一些有志向的人聚在一起，創立了異能者聯盟。他們出面和各大洲的臨時政府交涉，表示有超能力的人也是社會的一分子，他們可以幫助重建這個衰敗的世道，最後各大洲的人都同意建設異能者聯盟。異能者們利用自己的力量，重新建造損毀的房子、救活了瀕死的人，並努力收穫足夠的糧食資源。

用飛船代替無法再次航行的飛機也是異能者聯盟的功勞。如果沒有船隻航行，各大洲就等同失去聯絡。為了恢復往來，聯盟讓精神系的異能者修復了網路系統。

他們利用「極光」這個名字代替「異能者聯盟」，盡可能地讓建立起來的企業形象流傳到大眾耳中。這些努力的確有得到回報，異能者聯盟漸漸地滲入各大洲的政府，過沒多久，他們就成為夏季大洲的決策者。

平穩地升上天空的船身幾乎沒有發生任何噪音。聽完飛行說明的克里斯閉上了雙眼。

他很快地進入夢鄉，就像平常一樣，他做了一個永遠記不起內容的夢境。那個夢境雖然很安穩，但也有點令人害怕，克里斯三番兩次地想將自己置身於那夢境之中。

因為他總覺得自己忘掉什麼重要的東西，克里斯不記得他加入極光前的事情，他認為這個夢境應該可以解開那些疑惑。

「……………」

不知道是誰正在說著一些聽不懂的話。

克里斯試著對那個人伸出手，但是卻無法觸摸到他。從未感受過情感起伏的克里斯突然意識到自己正在哭喊，在他從夢境中醒來的瞬間，他又忘了夢境內容。

「這麼快就到了嗎？」

「嗯。」

克里斯在周圍吵雜聲之中醒了過來，睜開眼睛發現坐在斜對面的母女拿著行李正要下飛船。

克里斯深吸了一口氣，他發現自己小睡的期間流了一身冷汗。每當他做了不記得內容的夢，就會發生這種情況。

「呼……」

他靜下心來看看周圍，發現飛船上幾乎都沒有人了。在他睡著的期間，飛船經過了九月大洲，已經停在十月大洲了。大多數的旅客幾乎都下了飛船，飛船再次開始航行。

基本上前往十一月大洲的乘客非常稀少。被秋季大洲和冬季大洲視為警戒區的十一月大洲是黑手黨的地盤也是犯罪的溫床，治安並不太好。

現在還留在飛船上的大多不是遊客，而是去其他大洲辦完事要回家的居民們。

「飛船已經停靠在十一月大洲，請各位乘客——」

不知道過了多久，飛船抵達了克里斯的目的地。

在船長廣播的同時，克里斯拿好自己的行李，打開手機再次確認行程。抵達十一月大洲這天沒有任何任務，因為和克里斯一起到十一月大洲出任務的老鴰隊成員，都是各自搭乘不同航班來的，所以不可能第一天就聚集大家。克里斯計畫直接去極光安排好的住處，觀察一下周邊環境。

走下飛船的克里斯經過安檢後，順利地進入十一月大洲，並且直接前往十一月大洲的市中心金城（Aurum）。

☆☆☆

雖然說使用通用的貨幣克萊蒂幣可以搭乘計程車，但是治安相當不好的十一月大洲上充斥著許多非法的計程車，克里斯不敢貿然搭乘。

克里斯決定等待在金城市中心移動的電車。大約等了二十分鐘，老舊的綠色電車來到了車站。

第一次搭電車的克里斯在買票的時候非常緊張。克里斯付了克萊蒂幣後電車車長就把車票遞給他。不知道是不是因為常常有人臨時買票，車長臉上寫滿著不耐煩，但克里斯反而感到很安心，絲毫沒有感到一點不開心。

克里斯把車票放到電車門口的機器剪票，然後找了一個位置坐下。

幸好克里斯有先詢問曾經去過十一月大洲的異能者一些生活習慣，在這種地方如果出現一些奇奇怪怪的行為，就會引來不必要的注目。

「本電車即將抵達金城四區，要下車的旅客——」

克里斯朝窗外看過去，映入眼簾的是已荒廢的舊時代建築。雖然城市用金子命名，但是跟極光比起來，這裡根本是一座陰森森的城市。雖然金城是一座大都市，但是十一月大洲被屏除在重建地區之外，所以幾乎看不到新蓋好的建築物。金城也是因為在劇烈變動時沒有受到太大的災害，還保有許多建築物和設施，才會成為大都市。

冬季大洲就是如此地亂七八糟，說好聽一點是古色古香，但換句話說就是他們沒有能力建設新的事物。

「本電車即將抵達金城八區，要下車的乘客——」

在市區裡轉了半天的電車，終於到了克里斯要下車的地方了。

下車後又走了十五分鐘才到達目的地，那是一棟看起來有幾十年歷史的四層樓舊公寓，也是克里斯在這次任務中被安排到的住所。

它和極光的宿舍不同，感覺非常不便利，環顧附近環境，它位於金城邊緣八區的最角落，除了山坡以外看不到任何東西。

「唉……」

無可奈何的克里斯嘆了一口氣，他照著手機內的祕密文件在警衛室裡找到鑰匙爬上了公寓的四樓，這種小規模的公寓是不會有電梯的。

他小心翼翼地踩著對於嬌小的人來說有點陡峭的石梯上樓，如果不小心滾下去一定會受重傷的。

四〇四號。

克里斯把鑰匙插入門把轉動，雖然轉到一半有點卡住，但最後還是打開了。轉動門把拉開門時還伴隨著嘎吱聲，克里斯隨即便順利看到房子內部。

雖然很老舊但是沒有想像中髒亂，鎖好門後克里斯放下行李，檢查了房間、浴室還有客廳及廚房。

浴室有淋浴間，所以不需要去公用淋浴間洗澡，這讓克里斯放心不少。克里斯打算先去浴室洗個澡。

要打開水龍頭時，克里斯發現浴室角落的磁磚破了。另外天花板也有一些黃漬。雖然克里斯沒有潔癖，但是他還是很受不了這種髒亂的環境。

打開後水龍頭水就開始流出來，水質看起來很好水壓也足夠，但是他還是發現了一個小問題。

「媽的。」

不管等多久，或是把水龍頭往左往右調，水還是不熱。看來這裡跟極光的宿舍不同，不是打開水龍頭就會有熱水。他走到門口想要去警衛室，結果發現了貼在門內的手冊。

「想要用熱水還要先打開暖氣？」

克里斯不耐煩地拿著手冊去找暖氣的開關，一打開暖氣，就看到綠色的燈亮了。

水溫漸漸變熱，雖然還不夠燙，但是已經比冷水好多了。

克里斯正打算脫衣服的時候，門口傳來了急促的敲門聲，他瞬間緊張了起來。

一打開門，一個瘦小的男子劈頭就開始質問克里斯。

「你不知道四號房只有偶數時間才能用熱水嗎？」

「什麼？」

克里斯有點呆掉，瘦小的男子看起來很不高興。

「搞什麼，我還想說很久沒有看到原本住在這裡的人……你剛搬來嗎？反正你要在偶數時間才能用熱水。我洗澡洗到一半水變冷，害我差點就要心臟麻痺了！」

囉囉嗦嗦的鄰居抬起頭一看到克里斯就嚇得退後一步，但克里斯卻習以為常，因為他長得有點可怕，所以跟他對到眼的人都會嚇一跳。

以克里斯現在的情況，他不可能在第一天就跟鄰居起爭執，所以他就用平淡的語氣隨便說了一個藉口。

「對不起，我今天剛搬進來，因為太冷才打開熱水。」

前來爭論的鄰居本來因為克里斯的體格和長相有點退縮，但現在突然起了惻隱之心。

「嘖嘖，如果很冷的話，公寓大門進來右轉可以看到一間雜貨店，你可以去買一瓶烈一點的酒。你是從別的大洲來的吧？這裡冬天真的很冷，沒有酒精是活不下去的。」

「謝謝你的建議。」

克里斯鞠躬道謝，嘴裡念著這也沒什麼的鄰居點了一下頭就離開了。不能洗澡的克里斯關上門後坐在餐桌前面，心裡想著要等到鄰居說的偶數時間才能洗澡。

大概過了五分鐘，隔著薄薄的牆壁傳來了一些聲音。

一開始克里斯以為是幻聽，但是仔細一聽發現牆壁另一邊傳來的是水聲和韓德爾的〈讓我哭泣吧〉，就是剛剛跑來和克里斯爭論熱水的那個聲音。

雖然說獸人化異能者克里斯的聽力非常好，但他同時也感覺到這棟公寓的隔音效果似乎不太好。

克里斯無法再忍受隔壁鄰居邊洗澡邊發出聲樂表演的〈讓我哭泣吧〉，他打開大門走了出去。

他決定接受鄰居的提議去買一瓶烈一點的酒。

克里斯從公寓大門往右轉，直直走進去就看到隔壁鄰居口中「唐約翰的雜貨店」。

店裡滿滿都是生活必需品，牆壁上還掛了一把年久失修的獵槍。

長得很有福氣，看起來是「唐約翰」的男人看都不看克里斯手中酒瓶的價錢，就找錢給他了。

克里斯出來以後看了一眼手機，時間還在五點四十三分。距離偶數時間還有十七分鐘。想到現在回家的話鄰居可能還在邊洗澡邊高歌，他決定散一下步，熟悉一下附近的環境。

路上的店家有一半都沒有開門，剩下一半的店家老闆都長得很凶悍，有些店家櫃檯後方還掛著獵槍當裝飾品。

在十一月大洲上感受到的這股殺氣，讓克里斯領悟到自己第二個任務應該有點困難。

克里斯正打算回去公寓時，在巷子底發現了一家令人驚奇的店家。

「木蓮二手書店」。

從遠處就可以看到玻璃窗內滿滿的書籍，一看就知道是老舊褪色的精裝書。

「舊書店？」

克里斯有點驚訝，因為他沒有想到可以在十一月大洲上看到這麼有規模的舊書店。

六月大洲的「復古店」，也就是舊時代的物品，通常都價值不斐。就連大城市中最大的書店也沒有很多老舊的書，大部分的人都用手機閱讀，所謂的書店與其說是賣書的地方，不如說是想要讀原文書或是探討書籍內容的人聚集之處。

那些書店為了營造氣氛，都會用投影機將書上的圖片投影到牆壁上。雖然精神系異能者創造出的幻影就像實物一樣，但畢竟不是真的。

但是克里斯眼前木蓮二手書店內放在書架上的書籍，若要說是假的，那也立體太像真正的書籍；說是真的，那也太奢華了。

在這個書店內，完全感受不到異能者的力量。

也是，怎麼可能是異能者。在十一月大洲官方的異能者都是派遣來的，而且經常更換人力。

無比珍貴的精神系異能者是不可能在這種舊書店裡耗費精力的，因為他們是供給各大洲網際網路和極光通信網路的高級人才。

雖然在冬季大洲上有許多非官方的異能者，但他們都是非法的，不可能在這種店家裡使用他們能力。

因為他們想要接受舒緩課程的話就需要錢，而且是非常非常昂貴的價格。

沒有登錄在異能者聯盟內的舒緩者屈指可數，被綁走的舒緩者一旦成為拍賣場的「待售物」，價格就非常昂貴。而且最後也會落入游離・索伯烈夫的手中。因為他必須把S等級的異能者獵犬克里斯・丹尼爾好好地留在身邊。反正為了克里斯・丹尼爾，黑手黨在十一月大洲上到處買進舒緩者已經是公開的祕密了。

因此沒有登錄的異能者不可能在書店這種賺不了錢的地方工作。

所以說這家木蓮二手書店的確是一家真實的舊書店。

『老闆不在店裡嗎？』

克里斯不由自主地開門走進書店，他聽見一陣清脆響亮的聲音，回頭看到門上掛著一個鈴鐺。雖然鈴鐺看起來有點老舊，但是它的聲音非常悅耳，克里斯為了聽那個聲音，很想要再多開幾次門。

書店內播放著爵士樂，順著聲音看過去，有一台只從照片上看過的黑膠唱片機放在那裡。緩慢又低沉的薩克斯風聲音中充滿著紙張的味道，以及歲月和灰塵的氣息。

店裡非常幽靜並充斥著古老的味道。感覺就像從黑白電影中擷取畫面後貼在這裡一樣。

「歡迎光臨。」

這時候，看似沒人的櫃台後冒出一個黑色的人影，克里斯轉過頭看到一名黑色頭髮帶有褐色眼睛的男子。他就是典型的冬季大洲居民，有著蒼白又光滑的皮膚。

長得就像陶瓷娃娃一樣。

就連對別人外貌默不關心的克里斯，瞬間也被他完美的臉蛋驚嚇到。他高雅的樣貌，看起來就像是活在舊時代的貴族。

「你好，請問你是這家店的老闆嗎？」

「嗯，你想要找什麼書呢？」

從櫃檯後方書櫃中出現的男子把手中的書放下，並回應克里斯。他的聲音非常低沉，卻又讓人覺得很有磁性。

「呃，我叫克里斯，我不是要找書……其實我剛搬過來這裡正在熟悉附近環境，沒想到看到一家這麼有風格的書店。」

克里斯在介紹完自己的名字之後，才驚覺到自己似乎透露了太多訊息，覺得有點尷尬。

「你喜歡書嗎？」

那雙貌似紫羅蘭的眼睛看得克里斯有點緊張，他覺得自己好像在面試一樣。

克里斯就連在新老闆陽特面前都沒有這麼緊張過。

「沒有，我不懂這些書。」

男子聽到克里斯下意識說出的真心話，嘴角忍不住上揚。令人驚訝的是，他原本冷冰冰的形象突然變得柔和起來。

就連蒼白的皮膚似乎也變明亮了。

「你至少比那些明明不懂書籍的價值，但是卻裝懂的蠢蛋們好多了。」

他的語氣雖然帶著詼諧，但是低沉的聲音卻讓人從背脊升起一股涼意。

「我叫游離。」

晚克里斯一步說出口的名字引起了克里斯的注意，這個書店的名字是木蓮二手書店，所以他的名字應該是游離．木蓮。

木蓮，非常適合那名亦黑亦白的男子。

「游離．木蓮？」

「你真特別，我還以為你會問我是不是游離．索伯烈夫。」

聽到這句話，克里斯才想到統治十一月大洲的黑手黨首領叫做游離。不是因為克里斯忽略這次任務的重要性，而是自己的注意力都被眼前這位男子吸走了。

克里斯從來沒有這麼失神過，就連自己身為異能者，在面對可以輕易讓自己崩塌的舒緩者時也是非常穩重。

「第一次見面時不能問這麼失禮的問題。」

努力讓自己回復平靜的游離，嘴角抽動一下後笑得更開心了。克里斯正想著他為什麼要笑的時候，看到游離把書放下後抬起的手。

「如果你知道有多少人第一次見到我都會問那個問題的話，你一定會嚇一跳。」

因為克里斯一直專注於游離的外貌，現在才注意到他的手上戴著手套。手套材質就像舊時代博物館管理者會戴的那種手套。應該是因為要整理這些價值不斐的書籍，所以要特別小心。

游離黑色襯衫的鈕子扣得一絲不苟，所有可能接觸到外在的皮膚都嚴實地擋住了，就連整理書櫃的時候也不會露出手腕。

他看起來有潔癖。

「你要在那裡站到什麼時候？」

不知道是不是因為克里斯的眼神過於緊迫，游離的語氣變得比較冷淡。

「喔。」

喔什麼喔。

克里斯一回答完就後悔了，他一直做一些愚蠢的行為。

「我好像打擾到你工作了。」

「……要我推薦你幾本書嗎？」

克里斯剛說完，游離又問了其他問題，聲音中似乎夾雜著嘆息聲，克里斯馬上點了點頭。

從櫃檯走出來的游離在書櫃間翻找了一下，選了幾本書。

「這裡有五本書。」

精裝本上寫著書的名字。

《Ilias 伊里亞德》、《Demian 徬徨少年時》、《Ivanhoe 撒克遜英雄傳》、《On Liberty 論自由》、《Tess of the d'Urbervilles 黛絲姑娘》。

裡面有兩本是克里斯讀過的書。據說《Ilias 伊里亞德》和《Demian 徬徨少年時》是在舊時代也非常有名的著作。在劇烈變動之後，有一群想要保有人類歷史、知識和文化的人，是托他們的福現在才能保有這些書。但是《Ivanhoe 撒克遜英雄傳》、《On Liberty 論自由》、《Tess of the d'Urbervilles 黛絲姑娘》則是克里斯沒看過的書，他拿出手機並對游離說。

「全部都給我吧！」

「總共三千克萊蒂幣。」

印刷紙本書本來就是一種奢侈品，而且還是劇烈變動前出版的書保存到現在，那就更值錢了。

但是如果是一般人從游離．木蓮口中聽到這個金額，一定會嚇到失聲尖叫，幸好身為異能者的克里斯有能力負擔這筆價錢。克里斯每個月從極光那裡收到的薪水和獎金都沒地方花，全都存下來了。

克里斯一手就輕輕鬆鬆地拿起那五本書，在他側身的時候，游離看到他懷中的褐色紙袋裡裝著酒，忍不住皺了一下眉。

一直在觀察對方一舉一動的克里斯馬上就察覺到這件事了。

他猜想游離應該很不喜歡醉醺醺的人。

游離的形象看起來是一個正經又整齊的人。

「再見。」

克里斯下定決心以後不能在游離的書店前面或是這家店附近讓他看到自己喝得爛醉的樣子。克里斯買完書之後，也沒有理由繼續在書店裡逗留，所以他滿懷遺憾地走出木蓮書店。

清脆的鈴聲再度在他身後響起，在玻璃門關起來的同時，悅耳的爵士樂旋律也嘎然而止。

就像是魔法結束了一般。

克里斯的臉頰瞬間感受到一股冷空氣，他這才領悟到自己在書店裡逗留了多久。克里斯努力讓自己不要再回頭，慢慢地走向昏暗的道路，不知不覺黑夜已經降臨。

雖然多了一筆意料之外的支出，但克里斯心情卻非常輕鬆。

克里斯回到公寓洗完澡從浴室出來，看到了放在餐桌上的那些書。正在吹頭髮的他看到那些書的書名，突然愣住了。

因為只看書名的第一個字母的話，剛好會形成一個單字。

「I—D—I—O—T」。

笨蛋？

克里斯心想應該只是碰巧，但是心裡卻起了微妙的變化。

克里斯用手機再度確認了明天的行程之後，躺上床準備睡覺，但是雙腳完全超出床鋪。

就算再怎麼往床頭櫃移動也沒有用，克里斯認為自己需要找一把高度差不多的椅子放在床邊。

他把餐椅拿了過來，但是高度太高了。把椅子放回去後，陷入沉思的克里斯又看到那五本書。

雖然只是目測，但是高度看起來跟床鋪差不多高。克里斯把那些書搬進房間，堆在床尾。

這些書似乎就是為了增加床鋪長度而買的，高度竟然剛剛好。

一開始克里斯還覺得拿書來墊腳好像不太好，但是一陣倦意襲來，克里斯再度躺了下來。腳放上去之後發現雖然書的面積有點小，但是卻很穩固。

克里斯擺好一個舒服的姿勢後，腦中突然想起了游離。

「三千克萊蒂幣的腳墊還真奢侈啊！」

木蓮二手書店的老闆游離應該完全想不到自己的書會被拿去墊腳。如果他看到這情況應該會嘲笑自己，他會用什麼表情嘲笑自己呢？克里斯邊想邊閉上了眼睛。

☆☆☆

「起來。」

克里斯感覺到有人拍著自己的臉頰，迷迷糊糊地抬起了頭。發現本來應該躺在床上的自己竟然身在一塊空地。不對，看到周圍的牆，他推測自己應該在一間廢棄的倉庫。

雖然周圍的環境非常陌生，但是眼前卻站著一位意想不到的人。

游離・木蓮。

在意想不到的地方看到意想不到的人，克里斯苦笑了一下。雖然克里斯認為這應該只是夢境，但是他卻無法反抗。當他不知該如何是好低著頭一動也不動時，游離朝他走了過來。

投射在克里斯眼前的細長影子看起來有點奇特，但也非常具威脅性。

「所以你沒抓到那女的？」

那女的？

克里斯瑟縮了一下，沒有回答他。游離抓著克里斯的下巴，把他的頭抬了起來。

克里斯本來以為會觸碰到游離的肌膚，但是游離跟在書店的時候一樣戴著手套，只是他這次戴的手套是皮手套。

捏住克里斯臉頰的那雙手，力氣非常大，克里斯的口中發出了低沉的呻吟聲。

雖然游離的力氣很大，但是強化系異能者的克里斯卻也不是掙脫不了。奇怪的是克里斯的四肢卻非常地虛軟，似乎是忘記要反抗。

「克里斯啊克里斯，沒想到你連這麼簡單的事情都做不好。」

男人的呼吸聲漸漸逼近，克里斯咬了咬嘴唇。

「對、不……」

克里斯在下巴被捏住的情況下想要開口道歉，但是肚子卻突然傳來一陣疼痛感。克里斯從游離的瞳孔中看到自己的樣子，自己因為受到驚嚇，雙眼瞬間睜得很大。

克里斯緩緩地摔落到地上，並劇烈地咳嗽。因為太過痛苦，他說不出任何一句話。克里斯認為自己不能夠再狼狽下去了，正想用力吸一口氣，卻又被走過來的游離踢了一腳。

如果要說是巧合也未免太巧了，游離剛好踢在先前被打一拳的地方。倒在地上的克里斯聽到游離靠近的腳步聲，著急地想要站起身來。

「是你拿走的對吧？」

「我……」

克里斯抬起頭想要裝沒事，但是一看到那雙冷冷俯視自己的紫羅蘭色眼睛，他就說不出任何話。克里斯在第一次參與實戰任務時，因為表現得不像新人，所以一直被稱讚非常有膽識，可是他現在在游離面前卻顯得非常渺小。

克里斯很難解釋這種感覺，是因為這是一場惡夢嗎?游離的存在感非常強烈，他的視線也非常銳利，就像從玻璃裂縫中穿透進來的暴風雪一般。

「克里斯你說，是因為那個女人很老，所以你動了惻隱之心嗎？你以為你睜一隻眼閉一隻眼，你就是好人了嗎？」

游離的語氣很溫柔，但同時他卻用皮鞋尖把倒在地上的克里斯下巴抬了起來。

「十一區到十三區已經被封鎖了，你最好明天就找到那個老太婆，不然我就要親自出馬了。」

聽到這句話，克里斯的心噗通一跳。

「我、我會找到她的。」

克里斯攀著游離的腳，不自覺地結巴起來。游離則像是自己腳上有什麼垃圾一樣，朝著克里斯踢了過去。克里斯擔心自己又發出哀嚎聲，所以用力咬住嘴唇，但不知道是不是因為不小心咬到舌頭，口中嚐到了一些血腥味。

但是那些根本都不重要，一直認為現在是夢境的克里斯逐漸失去理智，就連現實的界線都開始模糊起來，克里斯爬過去親了游離的皮鞋。

儘管克里斯趴著將額頭靠在地上，對游離表示絕對的服從，但是表情嚴峻的游離絲毫沒有緩和下來的意思，跪在地上抬起頭的克里斯眼角則有些溼潤。

在昏暗的倉庫裡，唯一的照明就是生鏽的門縫中射進來的一束微光。嘴角沾著血，臉頰微溼的克里斯，雖然身材健壯但看起來還是有點可憐。就像一個除了主人誰都不認識的大型犬一樣。

與其說是人類，克里斯像北極海一般蒼白的蔚藍眼睛，讓他看起來更像一頭野獸。

「哼……」

游離彎腰撫摸著克里斯的臉龐。與其說游離是在幫忙擦眼淚，不如說比較像是在觀察什麼有趣的東西。這雙非常冷漠的紫羅蘭色眼睛所蘊含的情緒似乎是對克里斯有一點「興趣」。

克里斯不自覺地把自己的手放在游離的手背上，他像是迫切地抓住繩索般地抓住游離的手，游離的手套有點滑落下來。

啪——

游離像拍掉灰塵似的甩掉克里斯，雖然克里斯拚命纏住游離，但最後還是摔落到地上。

他跟游離的手套一起掉在地上。

游離露出來的白皙手掌不知道是不是太久沒有曬到太陽，看起來比面孔還慘白。

這隻手漂亮到讓人不解為什麼要隱藏起來，游離的手指就像鋼琴家一樣修長，甚至會有讓人想要一隻一隻放進嘴巴舔舐的衝動。

感到小腹越來越疼痛的克里斯緊緊抓住被自己扯掉的手套，他似乎領悟到自己犯了一個很大的錯誤。

游離的臉上露出了毫無血色的微笑。

「你是瘋了嗎？」

克里斯咬緊牙關，游離把另一隻手的手套脫下來丟在克里斯身上。

「咬著它。」

與其說是聽懂了這個命令，克里斯其實是反射性地用身體完成。克里斯用嘴咬著皮手套，雖然不是游離塞進克里斯嘴裡的，但是游離還是達到了自己的目的。游離的手看起來偏大，和他細緻的長相非常不同。

「你休息夠久了。」

「……」

什麼休息很久？

就像是自問自答一樣，彎著腰的游離把手從克里斯的臉上抽了回來。無意識退縮的克里斯突然發現到有一股無形的氣息束縛著自己。因為克里斯經歷過被念力超能力影響的感覺，他馬上就知道這和念力是完全不一樣的能力。

「你明明就很喜歡這樣，為什麼還要拒絕？」

克里斯感覺到自己心裡很不希望游離離開自己，正因如此，他才一直動彈不得。

精神系的異能者？

在克里斯正想要進一步思考的時候，一隻像是用冰塊雕成的白皙手掌觸碰到克里斯的臉頰，和戴手套時的感覺完全不同，有一股貫通全身的電流觸動到克里斯。

這和克里斯至今所感受過的感官完全不一樣，他覺得有點開心，但也伴隨著強烈的渴望。克里斯害怕這一刻會結束，正感到絕望時，愉悅感卻又一點一滴地進入到身體各處。就像是把能量灌輸到血管裡一樣。

克里斯甚至不知道自己在這一刻之前是怎麼活著的，世界彷彿被套上了新的濾鏡，變得完全不同了。就連自己一直以來認為是遭到天譴的超能力都被自己忘卻在腦後，整個身體都變得非常輕盈。

彷彿踩在白雲上面散步。

克里斯像一條磨蹭主人的狗一樣貼了上去，從他那雙迷茫的眼睛中，深深烙印出了游離的樣貌。

就像過去的空白生活都被填滿了一樣，那種難以形容的滿足感就像奇蹟降臨。

克里斯無法控制喜悅，他咬了一下游離的手套，感受到游離皮手套的硬挺感。但是當他驚覺到自己不咬住手套的話，口水可能就要流下來，又因此感到不寒而慄。

感覺越來越強烈，所以克里斯拚命的蜷曲著身體。雖然克里斯還沒有發現，但是他的身體卻正在發燙。

「你這隻發情的狗……」

游離用嫌棄的表情看著克里斯，看到游離那種不知道何謂性欲，充滿禁欲感的表情，克里斯胸口痛苦得快要炸開了。

克里斯的身體上沒有感受到實質的痛苦，所以這絕對是因為情感的關係。最讓克里斯無法理解的是，他竟然還想親吻那張對自己口出不遜之言的嘴唇。

克里斯的舌尖上能感受到皮革特有的人工香氣。

「你勃起了嗎？」

無法形容的羞恥心和尷尬，以及自己的心思被游離看穿，克里斯覺得自己的頭髮都變白了。而游離用光滑的鞋跟輕輕地踩在克里斯的陰莖上面。

「呃……」

克里斯咬著皮手套發出了呻吟。雖然是隔著衣服踩上去，但是在勃起的狀態被踩住，感受到的刺激還是太過強烈。

游離抓著克里斯的頭髮，把他的頭抬起來。游離看著克里斯臉上混合著痛苦和快感的情緒，嘴角微微上揚。接著——

☆☆☆

「媽的。」

從睡夢中驚醒的克里斯把頭髮往後撥了一下，那是一場非常真實的夢。克里斯不知道自己怎麼會做這麼骯髒的夢，他正打算起身時，被自己嚇了一跳。

就算是「晨勃」，自己的生殖器也太硬了。

「怎麼可能。」

從床鋪上跳起來的克里斯走到浴室。他隨手脫掉衣服一丟，走進淋浴間打開了水龍頭，冰涼涼的水流了下來，因為他完全忘了要打開熱水器。

「可惡。」

沒有一件事情是順利的。雖然克里斯口中漫罵著，但是卻沒有離開蓮蓬頭。因為他希望可以藉此沖掉一些身上的熱氣。

克里斯低下頭，看到自己雙腿間的那根東西依然挺立不搖，克里斯還是第一次看到自己完全勃起的生殖器。

「我竟然會因為夢到一個昨天第一次見面的人而勃起？而且還是挨打的夢……？」

克里斯扶著牆看了一下自己完全沒有要軟下來的生殖器，他咬緊牙關深怕自己會不小心發生呻吟聲被隔壁鄰居聽到。

克里斯的手指開始動作，包覆著性器的手掌可以感覺到內部的血管在流動。在狹小的隔間內，似乎傳來了嘶嘶的摩擦聲和水聲。

「哈啊……」

克里斯似乎還能夠感覺到皮手套的觸感和它的人工香味。

克里斯的腦中一直浮起夢境中游離蒼白的面孔還有與膚色相較顯得非常鮮紅的嘴唇。

不得不說那是個很變態的夢，克里斯在夢中不斷被辱罵和毆打，僅僅是肌膚接觸就勃起，而且還被對方發現。不僅如此，夢中游離還用輕蔑的眼神看著自己，甚至用皮鞋踩著他的生殖器。

但是克里斯還是興奮到勃起，如果在夢境中結束就算了，但自己醒來之後竟然還在淋浴間裡自慰。

射過一次精之後，克里斯的生殖器依然屹立不搖。克里斯繼續安撫了自己下半身兩次之後，才憔悴的走出淋浴間。

克里斯雙手扶著充滿水垢的洗手台，抬起頭看到自己通紅的雙眼。

「我應該是瘋了。」

克里斯喃喃自語，剛起床的聲音還有點低沉。

不管是面對什麼樣的舒緩者，克里斯從來沒有出現過這種醜態。

嚴格來說夢境中的游離並不是真實存在的，但是克里斯受到的衝擊還是久久無法退散。

克里斯為了讓自己振作起來，用冷水沖了沖頭，走出浴室外。頭髮溼漉漉的他轉過頭，看到倒在床尾的那堆書，應該是翻身的時候踢到了。

「I—D—I—O—T」。

在早晨陽光的照射下依然鮮明的第一個字母按照順序烙印在克里斯的腦中，就好像那堆書也在嘲笑他是笨蛋一樣。

雖然未必如此，但克里斯內心還是升起了一種迷信的想法，總覺得是因為他把游離精心為自己挑選的書拿來墊腳，才會夢到那種奇怪的夢。

今天下班的路上一定要買一把高度合適的椅子。

不然就是要換個大一點的床墊。

☆☆☆

克里斯平復了夢境帶給自己的驚恐，接著便離開公寓搭著電車前往金城四區。

下車之後，克里斯直接走進了一棟附近的破舊建築物。服務台前坐著一名正在修指甲，看起來很冷漠的男子。他似乎絲毫不在意有人走了進來，最後克里斯只好先開口了。

「我是從今天開始上班的克里斯。」

男子這才看了一眼克里斯的臉，然後從旁邊一堆員工證中拿了一張給克里斯。米白色的指甲油給人一種光亮的感覺，閃閃發著光。

「你上去五樓！然後自己隨便放一張照片到員工證裡。」

克里斯點了點頭拿起員工證，雖然那名男子看起來非常普通，但他也是一名異能者。而且還是一名精神系的異能者。他剛才抬頭看克里斯的時候，已經把克里斯的資料登錄到這棟大樓的資料庫裡了。

員工證其實只是形式而已，克里斯環顧四周，到處都裝了監視器。如果有除了極光派遣的祕密異能者以外的人進入這棟建築物，就會被帶去消除記憶才能離開這裡。

因為極光要在十一月大洲進行任務，他們不得不小心謹慎。

克里斯穿過大廳後，發現除了警衛之外，還隱藏著三名異能者。感應能力為B級的克里斯發現了三名異能者，表示有可能還另外藏有其他更高階的異能者。

克里斯到了五樓之後，發現有幾間辦公室甚至還沒有貼壁紙。順著走廊走下去，看到只有一間房間有亮著燈，克里斯打開門進去後，裡面已經有幾名隊員先到了。

打了招呼入座後，陽特．君特出現了。克里斯注意到他染了頭髮，不知道是不是為了要來這裡，他特意變裝了一下。

極光隊長級別的人物，都是由A級以上的異能者組成，很多人都認得他的長相。因為這次是祕密進入十一月大洲，所以他會變裝也是意料中的事情。

在確認完所有的隊員之後，陽特開始進行任務說明。

「我們已經確定十一月大洲的毒販老阿納斯塔西亞被除掉了。我們推測克里斯・丹尼爾是這次的幕後使者，他在事發後就銷聲匿跡，我們的目標就是要確認克里斯・丹尼爾是否已經死亡。另外還要仔細調查游離・索伯烈夫所率領的那個組織。」

如果「獵犬」真的消失了，也就不難猜想上級為什麼會盡全力想要除掉游離・索伯烈夫，而事前的準備工作就是要調查游離・索伯烈夫的組織。

「索伯烈夫沒有控管藥物嗎？」

克里斯認為要是游離・索伯烈夫自己經營買賣，當然有可能不想讓別人也來分一杯羹。所有大洲的人都知道，黑市交易中可以代替舒緩課程的藥物是源自於十一月大洲。在現有的體制下，全世界能夠避開極光的耳目做不法藥物交易的人就只有游離・索伯烈夫。

「聽說老阿納斯塔西亞在十一月大洲上經營各種不同的事業，而且就如我們所知，她付出了慘痛的代價。」

陽特在預先準備好的投影機上投射出一名坐在搖椅上被殺害的老人屍體。她的膝蓋上放著編織到一半的蕾絲花邊，腳上穿著一雙毛絨絨的拖鞋，看起來非常平和，完全不符合案發現場的氛圍。

「這是從十一月大洲警察那裡拿到的照片。」

在劇烈變遷之後，警察的公權力早就變得有名無實了。但是在這搖搖欲墜的世界，依舊是無法放棄固有體制的。在這麼混亂的情況下，沒有人想要把事情弄得更複雜。

警察也是在這種情況下所保存下來的體制。但是十一月大洲被黑手黨游離一手掌握，所以警察執行任務時，在各方面都有許多限制。

游離甚至不想給予警察權力，他似乎不想要把腐敗的警察們訓練成效忠自己的忠犬，但也是因為如此，異能者聯盟才能拿到這些資料。

「她看起來就想是一名平凡的老人，結果竟然是毒販，真讓人意想不到。」

隊員中有一個人在喃喃自語，他的表情看起來不太開心。

「什麼平凡的老人，老阿納斯塔西亞是在這裡最長壽的毒販之一。游離・索伯烈夫一直在監視毒品交易，她能活到現在表示她不是個簡單的人物。」

陽特用非常嚴肅的神情回答那個人，幸好他不是那種會當面訓斥手下的人。

「我失言了。」

陽特對著馬上認錯的異能者點了點頭，然後繼續說明任務。

「首先我跟杰伊、還有吉利恩和阿帕爾納我們一起從北邊出發，調查游離可能會出沒的地方。」

隊長陽特還沒提到克里斯的名字。

「克里斯、斯基勒、安德蕾雅、費德里克還有亞米德留在金城。」

有好幾個人被「克里斯」這個名字嚇了一跳，偷偷瞄了克里斯一眼。克里斯知道大家有這樣的反應是因為他的名字和索伯烈夫的獵犬一樣，所以沒有覺得不開心，但是感受到各方視線的時候，心情還是有點微妙。

「木蓮應該也是這種心情吧！」

他突然想到和游離．索伯烈夫名字一樣的書店老闆說過自己常被問這種沒禮貌的問題。

「我們是要留守在這裡嗎？」

他不想再想到游離，所以隨便問了陽特一個問題，但是陽特搖了搖頭。

「不是，你們在這裡追查一下毒販阿納斯塔西亞的背景。雖然她已經死了，但是我們還是要知道她為了躲避游離而安排的藏身之處或倉庫，還有交易管道和路線。」

被陽特點到名的人表情嚴肅地點了點頭。

「我們也有可能會遇到和我們同樣在追查這件事的游離．索伯烈夫以及他的手下。因為阿納斯塔西亞已經死了，他們應該想要抹除她的蹤跡。」

陽特看著其中一名隊員這樣說。

「大家要記住，索伯烈夫的獵犬克里斯・丹尼爾是S級念力的超能力者。和他交手的時候不需要全員應戰，而是要以逃跑為優先。你們還記得要逃離比自己高級的超能力者時該怎麼做吧？」

大家當然都記得。

所有人要往不同方向分散撤離。

這是為了提高異能者的存活率，而且要馬上毀掉手機避免敵人用手機連接到極光的網際網路。

「是。」

大家都變得很嚴肅。因為在他們來到十一月大洲以前收到的資料中，有失蹤的克里斯以往所有資訊，像是過去的行蹤、還有一些疑似他犯下的案件，其中還包含了被他夷為平地的現場照片。

每個案件都非常不像是單靠一個人類可以做出來的事情，那已經遠遠超過失控的S級異能者會惹出的事情了。像是被損毀的機場和極光「過去的」分部，還有被毀於一旦的十一月大洲第二大城市銀瑪恩，那些案件與其說是人為事件，看起來還比較像是自然災害……

他是一個一般人無法用常理去理解的一名殘忍又狠心的人物。

「聽說克里斯・丹尼爾以前是有錢人家的兒子，真不知道他為什麼會變成黑手黨的手下。」

亞米德自言自語道，一想到游離他就忍不住滿臉驚恐。

「我現在手上拿的是我們懷疑各地區跟阿納斯塔西亞有關聯的人物資訊，你們把內容牢記後就要毀掉這份資料。」

陽特把資料一一分給大家。

「克里斯，你負責十一、十二和十三區。」

聽到這句話克里斯呆了一下。

「……您是說從十一區到十三區嗎？」

「有什麼問題嗎？」

「沒有。」

難道昨天做的那個可怕的夢是預知夢嗎？雖然應該是碰巧，但是陽特偏偏安排這些區域給自己，讓克里斯不禁有點在意。

「最後我要說一下關於舒緩課程的事情，這裡現在有一位從總部派過來的C級異能者。」

聽到陽特的話大家都嚇了一跳。雖然之前有聽說會派舒緩者過來，但是真的聽到有舒緩者來到這麼危險的地方，讓人不由自主地感到有點緊張，這表示上級非常重視這次的任務。

有的人一開始甚至認為自己可能中途需要搭乘飛船到十月大洲接受舒緩課程。

「我不能一次保護你們九個人，所以一定要非常小心。」

「是。」

所有人都點了點頭。陽特把包含克里斯在內的三個人留了下來，讓其他人解散離開。

「杰伊、阿帕爾納還有克里斯你們三個人先去接受舒緩課程，因為你們三個人的狀態非常重要。」

吉利恩是使用讀心術的超能力者、阿帕爾納可以從空氣流動中得知他人的蹤跡，還有可以快速提升感官敏感度以找出線索的獸人化超能力者克里斯。這表示極光要讓目前最有用處的異能者先接受舒緩課程。

就在杰伊和阿帕爾納蠢蠢欲動的時候，克里斯默默地舉起手。

「我最後一次接受舒緩課程之後還沒有使用過我的能力，現在應該不需要再進行一次舒緩課程。」

陽特用一種彷彿看到異類的眼神看著克里斯。

「你的腦子真的跟一般人不太一樣。」

「什麼意思？」

「就算不使用超能力，只是單純擁有超能力也會讓異能者的神經緊繃，就像是被蟲子咬到一樣。」

阿帕爾納和杰伊非常同意地點點頭。

「沒錯。克里斯，舒緩者冒著危險來到這裡，如果你現在拒絕了舒緩課程，之後總不能因為狀況不好而耽誤工作吧？」

聽到杰伊的話，克里斯也沒有辦法再拒絕接受舒緩課程。

「那我就最後一個接受舒緩課程。」

聽到克里斯這樣說，杰伊和阿帕爾納丟銅板決定順序，結果阿帕爾納可以先接受舒緩課程，她開心地哼著歌走出了辦公室。

她輕盈的腳步顯示出她現在多有雀躍。等待中的杰伊好像有點緊張，雙腿微微顫抖，顯然他也很期待見到舒緩者。

不管是阿帕爾納的雀躍還是杰伊的緊張，同為異能者的克里斯完全無法理解那種感覺。他發自內心地討厭舒緩者，也從來沒有感受過別人口中的美妙經驗。他覺得舒緩課程就是像汽車要加油一樣，只是在自己需要的時候注入身體內而已。

乾脆——

突然間克里斯想到在夢中觸碰到游離的情景，克里斯驚訝地摀住自己的嘴巴。那個場面就像是刻劃在腦中一樣，突然一閃而過。

「夢境不是醒來以後就會忘記的嗎……？」

同時間他突然明白了一件事情，別人口中進行舒緩課程時的美妙感覺，就如同自己夢境中游離的手碰到自己的臉時那種感覺一樣。

看來克里斯這陣子就像別人所說的，是因為舒緩者和自己相配率很低而感到痛苦。而這次他遇到一個吸引到自己目光的人，就把舒緩者和理想型合而為一，並投映在自己的夢境中。

雖然克里斯還是不明白為什麼會夢到游離對自己拳打腳踢、用皮鞋跟抬起自己的下巴甚至踩著自己生殖器的樣子，但一想到夢境本來就有可能不合乎邏輯，他煩躁的心情也就慢慢沉靜下來了。

「克里斯，換你了。」

陷入自身思緒的克里斯沒有注意到時間流逝，直到陽特叫他，他才站了起來。克里斯跟在陽特後面穿過走廊，看著陽特打開了設備室的鐵門。陽特走進去後操作了一下配電盤，牆壁就打開了。

這一點就可以看出來為什麼很多人都說雖然極光被游離趕出了十一月大洲，但是他們不會就此什麼都不管。

極光可以把金城市中心的建築物改造成這樣，真的有點令人吃驚。克里斯撇除這些雜念，緊跟在陽特後面，陽特打開了守衛看守的門。

「您好。」

克里斯打過招呼後往裡面看，結果發現一張熟悉的臉。

C級舒緩者竟然是盧卡。

「你好，我之前說了可以不用再見面，結果又在這裡遇見，還真的有點尷尬。」

盧卡有點不好意思地打了招呼。

他看起來比在極光內部建築物見面時還要興奮，感覺非常有活力。

「以後就拜託您了。」

但是克里斯卻非常冷漠，反而讓對方顯得更尷尬。盧卡覺得克里斯真的很像毫無情緒的機器人，尷尬地摸了一下自己的頭髮。

雖然也有可能是因為相配率和適合率的相容度比較低，但是儘管如此克里斯還是對舒緩者完全不感興趣，他的態度真的會讓人感到非常意外。

盧卡原本在十月大洲過得非常艱辛，是無意間遇到派遣過來的異能者才發現自己是舒緩者，接著他馬上就進入了傳聞中的極光。極光裡的所有人都把盧卡當作珍品，雖然他只是一名C級舒緩者，但是盧卡卻改變了自己的人生。

比起以前過一天算一天的生活，盧卡現在的生活真的非常安穩，只是偶爾他也會想起以前在十月大洲的日子。

如果沒有特殊的任務，盧卡是不能離開內部建築物的。然而陽光總是被高聳的外部建築物遮蔽，平常能見到的人也只有異能者而已，就像是只喜歡在貓薄荷附近逗留的貓咪一樣，他們無法進行任何人與人之間的交流。

雖然盧卡可以得到很多好處，但有時候他也會懷念人與人之間的情感糾葛。舒緩者有接受過特殊訓練，如果跟異能者有太深入的交流，異能者可能會因為太過於執著而失控。儘管如此，大部分舒緩者還是很渴望能夠有正常的對話。

雖然極光一直強調舒緩者跟異能者是夥伴，但盧卡並不這麼認為。每一季面對的異能者都不一樣，很難去建立感情或是培養交情。與其說是夥伴，不如說他們只是一個巨大機器的齒輪，每隔一段時候就結合一下，然後再度分開。

曾經生活在十月大洲的盧卡非常清楚知道身為一名舒緩者，一個不小心就會掉入悲慘的深淵，雖然他很慶幸自己受到極光的保護，但被保障人身安全的同時盧卡也常覺得很鬱悶。

就像是一種無法擺脫的孤立感一樣。

這是舒緩者一定會體會到的情緒，所以也被稱為「舒緩者症候群」。雖然說有心理諮詢師固定來幫他們諮詢，但是情況也不會因此有所改變，盧卡已經是用半放棄的狀態來面對自己的處境。

但是克里斯卻非常與眾不同，他見到自己時既不緊張也不含任何虛情假意，他總是保持著適當的距離。克里斯就好像每次都是初次見面一樣，盧卡非常滿意這種適當的距離。

那個感覺就像進入極光之前一樣，可以隨便和別人對話，可以從頭和一個人慢慢培養友好的感情。

『反正這個人也是照著行程跟我見面的。』

盧卡習以為常地藏起自己的沮喪，開口問道

「你身體狀況如何？」

克里斯冷淡地回答。

「我在接受最後一次舒緩課程後，還沒有使用過超能力。」

克里斯沒有說自己不想接受舒緩課程，因為他已經從陽特那邊知道那樣是一件非常不合乎邏輯的事情。

「一開始聽到我要跟三名異能者做舒緩課程時還有點緊張，因為身為一名C級的舒緩者，很少一天面對一名以上的異能者。」

「你可以不用這麼勉強自己。」

盧卡皺了一下鼻頭。

「那是我自己的事。」

說完話的盧卡開始進行舒緩課程。內部的氣流開始發生變化，如果不是異能者可能感覺不到有一股壓力席捲而來。

克里斯控制著表情，隱藏著這股讓人難以言喻的不適感。

雖然舒緩課程總是讓克里斯很不舒服，但是一直拒絕舒緩課程的話，隨時都有可能會失控，所以他也不可能不尋求舒緩者的幫助。

「結束了。」

盧卡看起來有點疲憊，雖然說舒緩課程對舒緩者的身體沒有太大的影響，但是還是會耗損一些精力。舒緩者必須要用最少的肢體接觸進行舒緩課程，所以效果也不是非常好。

「謝謝。」

克里斯站起來對盧卡鞠了躬。

「這樣夠嗎？」

「嗯，很足夠。」

回答完的克里斯就像完成自己應盡的義務，轉頭就離開了。看到那冷淡的背影，盧卡有點呆滯，但又馬上笑了出來。

真的是一名非常有趣的異能者。

☆☆☆

克里斯依照陽特的指示開始在十一區到十三區內進行搜查。

他主要穿梭於各個暗巷內尋找吸毒者，有時候他會假裝是記者要在十一月大洲這種惡劣的環境中取材，有的時候也會假裝自己需要毒品而詢問藥販的行蹤。

問題是克里斯裝成吸毒者，也沒有什麼人要相信他。就算他假裝手抖或是雙眼不對焦，但不知道是不是因為他天生特有的脅迫感，一般人都躲避著他。

因為游離．索伯烈夫在管制毒品交易，他們不會輕易地賣毒品給陌生的面孔。這類的狀況持續不斷，讓克里斯感到有點沮喪。

嘰咿——

這時候手機突然震動，傳來了一封加密的訊息。隨後解鎖程式立刻啟動，訊息內容是陽特告訴他一名藥販的名字。

克里斯馬上停下腳步打開地圖推測藥販的藏身之處，然後轉身離開。因為地圖指向他十分鐘前才剛經過的小巷子。

然而正在移動腳步的克里斯一看到馬路對面的人，就突然停下了腳步。

那個人正是在書店第一次見到後，就再也沒見過的游離。

游離戴著眼鏡和圍巾，穿著羊毛大衣戴著手套，看起來似乎比之前更加禁欲。在這麼寒冷的十一月大洲上，克里斯覺得那件單薄的大衣有點礙眼。可能是因為游離慘白的皮膚和柔弱的形象，克里斯覺得他再這樣下去可能會病倒。

毫不在意他人，甚至是舒緩者的克里斯，竟然會對游離有這種反常的想法。

這時一輛汽車在游離身邊停了下來，從那復古的外觀就看得出來有點年代。不光是有點年代，感覺更像是舊時代時生產的車種。

通常那種車型都非常昂貴，如果不是只保留外殼，然後改造整個內部的話應該是不太可能再次上路。但是想要找到這種保存得非常好的舊時代車輛本身就是非常不容易的，就像木蓮二手書店內稀有的舊書一樣，那輛黑色車子的產量本來就非常稀少。

在十一月大洲上因為沒有異能者常駐以及重建的速度緩慢，經濟呈現了停滯的狀態，很少人能夠搭乘這種車子。

黑手黨。

游離很自然地坐上了那輛車。

當克里斯發現車子即將駛離自己，突然感到有點緊張。他趕緊拿出手機拍了車子的照片，雖然說車子在移動，車牌拍得不太清楚，但是克里斯清楚地把車子的外型拍下來。

克里斯在極光的資料庫搜尋圖片，找到了車子的型號。

「奧斯頓．馬丁經典款。」

當時的售價非常昂貴，目前市面上並沒有販售這輛車。只有一名經銷商表示在五月大洲上有一名企業家想要用五百萬克萊蒂幣買同款車輛。

克里斯有點驚訝，他有一種不太好的預感。

克里斯再度查看地圖，發現自己要去的地方就是游離剛剛站立的巷子。

克里斯的心情變得非常沉重，雖然他安慰自己這應該是巧合，但他還是有點在意。奧斯頓．馬丁經典款，還有搭上那輛車的游離，以及那家跟街道格格不入的木蓮二手書店。

游離大步地走向藥販藏身的公寓按了電鈴，但是卻沒有發出任何聲音，看來這棟建築物的電鈴已經故障很久了。

克里斯沒有放棄，他敲了敲門。

「有人在嗎？」

克里斯沒有得到任何回應，他有點著急，接著鼻尖傳來一股血腥味。

「是血……！」

克里斯從門縫間聞到一股一般人感受不到的些微血腥味。

他要調查的對象可能快要死了，或是已經死了。

砰砰砰！

克里斯拚命敲著門，似乎快把門給拆了。這時他發現了走廊另一端的窗戶，他打開窗戶爬上了牆外的管線。

老舊建築物暴露在外的管線也非常老舊。管線上有許多刮痕，看起來不太堅固，一名成年男子的重量讓管線發出了嘎吱的聲音。克里斯小心翼翼地維持身體平衡，往藥販藏身那間公寓的陽台過去。

身後吹著十一月大洲上特有的寒風，可能是害怕摔下去，克里斯全身神經緊繃，腦中嗡嗡作響。但克里斯那雙蔚藍色的眼睛卻緊緊盯著要前往的地方，他用手抓著突出的外牆慢慢移動，最後終於到了那扇窗戶前面。

屋內的燈關著，什麼都看不到。克里斯施展超能力，雙眼發出了一道金光，他將自己的雙眼變成一雙夜行動物的狼眼。

他看見陽台旁邊的客廳地板上有一灘液體，旁邊還有一個看起來像是人形的東西。

看到這一幕，克里斯毫不猶豫地出拳砸向窗戶，哐噹一聲，玻璃應聲碎裂。冬季大洲為了禦寒窗戶都非常厚重，但克里斯一拳就可以把它打破，可見他的力量有多強大。

嘎吱！

但是克里斯腳下的管線禁不起這麼大的震動開始搖晃了起來。

就在管線斷掉墜落那瞬間，克里斯踩著狹窄的陽台欄杆，從破掉的窗戶翻身進去。

只要再晚幾秒，掉下去的可能就是自己了，但克里斯絲毫沒有被嚇到，而是默默地走進屋內。

屋內的血腥味非常濃厚，克里斯在窗外看到的果然就是血沒有錯。

那名藥販被人重擊頭部，死在自己的血泊中。

「事情變得真複雜。」

克里斯嘖了一聲，打開手機拍了照然後才開始搜索。因為這裡可能會有帳簿、毒品或是一些相關資訊。

現場除了血腥味之外，空氣中還瀰漫著一股嗆鼻的味道。順著氣味走去廚房，克里斯發現微波爐正冒著黑煙。

裡面有一台被燒焦的手機，應該是藥販的物品，克里斯猜想是為了要消滅證據才放進微波爐加熱的。

克里斯從廚房找到一個塑膠袋，把手機裝進去。雖然資料應該都不見了，但是它還是重要的證物。

克里斯向陽特回報藥販已死亡的消息後，然後開始翻查像是遭過小偷的臥室、衣櫃還有書房。

〈警察要來了，你先撤退。〉

克里斯聽到手機震動聲，看了一下螢幕，是陽特傳訊息過來。看來他們是想要讓警察來封鎖現場，然後再派極光的人過來。

〈窗戶是我打破的。〉

為了避免誤導調查，克里斯先向陽特報告這件事，然後朝陽台走去。他爬上被自己打破的窗戶，觀察四周，確定沒有人之後，他就直接從窗戶跳下去。

那裡是三樓，但是落地的克里斯卻顯得非常靈巧。克里斯的體格非常高大，但是在他身上完全感受不到身材高大之人會有的笨重感。克里斯彷彿什麼事情都沒有發生過，把手插入大衣口袋中離開了現場。

克里斯的一天還沒結束。

比平常早回到社區的克里斯去了木蓮二手書店。隔了五天再次過去，克里斯顯得有些遲疑。

但是克里斯卻忘不掉游離出現在十一區的樣子，印象鮮明到甚至可以抵過夢境中的尷尬感。

從藥販藏身方向走出來的游離、坐上奧斯頓・馬丁經典款的游離、還有死掉的藥販以及在微波爐中燒得焦黑的手機。

雖然這些事情好像沒有什麼關聯，但克里斯總是覺得這些事件是串聯在一起的。但也有可能是克里斯想要再見一次游離，所以才找了這些藉口。因為他沒有任何物證，一切都只是自己的感覺而已。

但是克里斯也不是想要去質問游離，他甚至不知道自己該跟游離說些什麼。

『很抱歉游離，想請問你知道今天在十一區發生的殺人案件嗎？我當時剛好經過附近看到你在那邊，所以有幾個問題想要問你。』

這真的是一個破綻百出的問題，克里斯在這裡的身分是一名平凡的上班族，也不是跑業務的，上班時間怎麼可能會在路上閒晃？而且警察現在才開始在調查這件藥販殺人事件，克里斯到處詢問也很可疑，一般人應該是不想要捲入這種事件的。

再說克里斯也沒有理由因為在殺人現場附近看到游離・木蓮就懷疑他。克里斯現在偽裝成普通人，這樣詢問只是明白地表現自己在懷疑他。但其實在殺人現場附近遇到游離這件事，甚至不重要到不需要跟陽特報告。

克里斯撇開雜亂的思緒，打開木蓮書店的門走了進去。清脆的鈴聲似乎有讓他的腦袋清醒一點。

跟上次一樣，櫃台一個人都沒有。但是他看到游離從書櫃間探出頭來，克里斯突然感到有點激動。

「你好，又見面了。」

游離把手上的書放進書櫃，然後跟克里斯打招呼。

「你好。」

克里斯不慌不忙地回答後，盯著游離看。

「你是要出去嗎？」

「不是，只是因為這間書店的暖氣不太暖，再加上我又很怕冷。」

「喔，所以你才會一直戴著手套。」

聽到克里斯這樣說，游離拿著書轉過身，淡淡地回答。

「手套……一方面是因為要保暖，另一方面就是整理這些古董書籍也必須要戴著手套。」

游離這樣回答，就好像他真的是一名非常愛惜書籍的讀者。感覺他跟滿屋子的血腥味、滿地板的血跡、地板上的屍體、還有燒焦的手機完全沒有關係，就只是一名平凡的書店老闆。

「我今天遇到一個和你長很像的人。」

克里斯意識到自己的尷尬感受和游離毫無相關後，他衝動地開了口。

「真的嗎？」

游離微微顫動的睫毛，在他的臉上倒映出優雅又迷人的陰影。

「真神奇，雖然我的名字很普遍，但是我的長相應該不太普遍。」

雖然這句話聽起來有點傲慢，但是從游離口中說出來，也只會讓人覺得他說的是事實。

克里斯的目光馬上就被游離給吸引住了。突然間克里斯清晰地感受到那張嘲笑自己的嘴唇是長什麼樣子，還有被眼鏡所遮住的紫羅蘭色雙眼有多麼的銳利。

感覺非常熟悉，讓他不由自主升起了一種懷念的感覺。

克里斯被一掠而過的即視感以及席捲而來的疑問搞得有點混亂。

「你的眼鏡……」

那種感覺好像在鼓舞著自己，不自覺開口的克里斯又把嘴巴閉上了。他差點要問游離可不可以把眼鏡摘下來讓他看看。但是游離應該是視力不好才戴眼鏡，突然要求對方摘下眼鏡感覺很不禮貌。

克里斯不想要把游離當成動物園的動物那樣觀賞，他也擔心游離會誤會自己想要觀察他。

所以他把到已經溜到嘴邊的話改成其他問題。

「那個，我們以前有見過面嗎？」

游離盯著克里斯看了一下，然後眨了眨眼。

「這個嘛……」

隔著眼鏡的紫羅蘭色眼睛讓克里斯的心裡揪成一團，等待游離回答的期間，克里斯感到口乾舌燥。

克里斯就連腳下管線要斷落時，都可以冷靜地打碎窗戶翻身進去，因此他對於自己現在只是因為一道眼神就緊張成這樣，感到非常不解。

實際上不過幾秒鐘，但是對於克里斯來說非常漫長的時間就這樣流逝過去。

游離開口了。

「你長得滿大眾的，所以我也不太確定有沒有見過你。」

游離一如往常的語氣讓克里斯突然放鬆下來。

對於一名才見過兩次的人詢問以前有沒有見過面，這個問題足以成為一個笑柄，就算是在舊時代也會覺得這種問題很俗氣。

克里斯到哪都會聽到有人說自己長得很帥，但是還是第一次聽到有人說自己長得很大眾。看起來有點不高興的游離反問了克里斯。

「你的問題問完了嗎？」

「問完了，真是抱歉。」

聽完克里斯的回答游離就走開了，不管有沒有客人，游離似乎只專注於整理書店。游離的手臂看起來非常瘦弱，沒想到拿著好幾本厚重的書也絲毫不費力。

克里斯突然有點疑惑，難道這個人只有在自己的眼裡看起來很瘦弱不堪嗎？

在書櫃之間來回走動尋找書籍的克里斯放棄觀察游離，他走回了櫃台。

克里斯感覺到游離冷眼看著自己，好像是在告訴自己如果沒有要買書就趕快走吧！

但這種態度並不會讓克里斯覺得不舒服，因為他在十一月大洲去過的十家商店中，有九家店的老闆都是這麼不客氣，這點和六月大洲完全不一樣。

克里斯努力安慰自己說，游離不是討厭自己，而是對每個客人都這麼冷漠，然後他又開口了。

「請問你知道哪裡有不錯的家具店嗎？」

「家具店？」

游離反問他。

「對，我需要買一個新的床鋪。」

「也對，一般的床鋪可能不太適合你。」

聽到這句話克里斯嚇了一跳。

「你怎麼會知道？」

「你一看就是需要訂做床鋪。」

游離的語氣感覺上好像很了解克里斯一樣，似乎對他睡覺的樣子瞭若指掌。

克里斯努力讓自己不要過度解讀游離的話，並回答他。

「但是我連看都沒有看過訂製的床鋪。」

游離有些不耐煩。

「你長得這麼高，一般床鋪當然不適合你，這幾天應該睡得很不好吧！」

這個推測非常合理，克里斯自己也覺得自己的身高很高，就連在體格健壯的極光異能者之間，他也是非常顯眼。本來大家就都說強化系異能者的身體素質會比較好，目前克里斯遇過和自己身高相近的大概就是陽特還有眼前的游離了。

克里斯對於游離的印象就是很纖細，所以他現在才注意到游離的身高也是非常高。

「那你這幾天是怎麼睡覺的？睡地板嗎？」

「我放了一把椅子在床尾，或是斜著睡。」

「……斜著睡？」

游離用一種不敢置信的臉孔反問克里斯，表情非常微妙。克里斯覺得睡覺隨便睡就好，因此他點了點頭。

「但睡覺時翻身或是早上起來都會覺得肩膀很疲，所以才想要買新床鋪。」

游離盯著克里斯看了一下才回答他。

「從書店出去往右走，走到第三個路口左轉。如果還沒有倒閉，那裡應該會有一間家具店。」

游離特別強調了「如果還沒有倒閉」這幾個字。

「謝謝。」

克里斯對著游離點頭致意，他走出去的時候，書店的玻璃窗反射出游離看著自己背影的樣子。

畢竟不是真的鏡子，難免多少有些模糊，但是游離一邊的嘴角看起來有點上揚。

就像是在嘲笑自己一樣。

走出書店的克里斯朝著尤斯說的方向前進，那裡真的有一家家具店，他買了一張很便宜又很大的床鋪。因為那家店要收起來了，正在出清庫存。

克里斯想說反正自己本來就該買新床鋪，所以爽快地付了錢。不知道是不是很少遇到這麼爽快的客人，家具店老闆親自開著卡車把床鋪送到克里斯的公寓。這棟公寓沒有電梯，所以克里斯和家具店老闆一起搬運床墊和床架，但是他突然發現一件事情。

「喔……可惡。」

樓梯間非常狹窄，所以東西根本無法搬上樓。

床架是一體成型不是組裝的，除非把它切成兩半，不然是不可能搬上去的。不然就是要找雲梯車從窗戶搬進去。

「可以……退貨嗎？」

☆☆☆

結果克里斯的新床鋪還是一場空。

家具店老闆先是說不能退貨，然後又嘆了幾口氣，最後要求克里斯幫他把床鋪搬回到家具店，才答應讓他退貨。回到家具店的克里斯乖乖地把床鋪放回原位，然後買了一把高度適中的鋼琴椅回家，把椅子放到床邊後，就倒在床上了。

雖然克里斯還沒吃晚餐，但是不知為何克里斯覺得非常疲憊，完全不想要準備晚餐了。

今天的克里斯覺得上次從木蓮書店買回來那些書籍的第一個字母更加醒目了。

「I—D—I—O—T」。

還有，他腦中突然浮現游離貌似在嘲笑他的嘴角。

這時手機傳來一陣震動，克里斯趕緊打開螢幕，正好他也覺得自己還是忙一下工作比較好。

破解加密的文件後，看到陽特傳來了訊息。

〈警察傳來的現場資訊，使用的槍枝是克拉克手槍。藥販的電子產品交給重建小組調查，但是就連精神系異能者使用念力也查不到它的序號，現在懷疑是非法工廠製造的。〉

克里斯看到這封訊息立刻坐了起來，竟然有工廠非法製造手機，也太不可思議了。

而且克里斯並不覺得那台手機哪裡奇怪，它長得和六月大洲販賣的手機一模一樣，所以克里斯理所當然覺得可以查到一些蛛絲馬跡，才把它交給陽特的。

那名藥販到底有什麼祕密，才要如此周密行事？

還有，他們是不是擔心使用極光建立的網路會露出馬腳，所以就乾脆自己建立了一個網路系統？

那他們的技術和資本是從哪裡取得的呢？

〈十三區有一片廢棄工廠區，你去查查看那裡有沒有還在運作的工廠。〉

〈好。〉

克里斯回了訊息後又再度倒在床鋪上。

六月大洲以及極光的所有人都認為十一月大洲是一個無法重建而落後的地區，居民的生活都非常困苦。關於十一月大洲上調查到的黑手黨資訊也顯示被稱為第二大都市的銀瑪恩慘遭破壞，這就表示這裡應該曾經受到未登錄異能者的威脅。

但是克里斯親自前來感受到的十一月大洲並沒有這麼不堪。這裡的確沒有新建的建築物，但是原有的老舊建築物或是公寓也都整理得非常乾淨。搭著電車時可以看到很多穿著挺拔的上班族，到處走訪調查的時候也發現路上有不少自營業業者。

那爲什麼極光要說十一月大洲是一個被黑手黨控制並且毫無希望的地方呢？

在克里斯不斷思考的同時，他慢慢地閉上了雙眼。

一陣倦意席捲而來。

03 Chapter three

就業中心

S e l f - D e s t r u c t i v e   l o v e

克里斯早上起來知道自己沒有再夢到游離，他稍稍鬆了一口氣。雖然那只是夢境，但是連克里斯都不知道自已為什麼突然勃起，心情難免覺得不太好。更何況，對象還是只說過兩次話的游離。

克里斯認為，自己可能太過於在意這個突如其來的夢境。

他下定決心不要再在意游離‧木蓮，所以他按照陽特的指示前往位於十三區的廢棄工廠區。

令人意外的是那裡的行人很多，如果說工廠真的廢棄，沒有勞工在這邊工作的話，應該不會有這麼多流動人口，但工廠附近的餐廳也都人聲鼎沸。

雖然說進行獸人化就可以快速找到線索，但就算是在這個無奇不有的十一月大洲上，如果有一隻野狼在市區走來走去，還是會引起大家注意。克里斯在公寓的舊衣回收箱撿了一件舊大衣，豎起衣領並戴上帽子，悠閒地在路上閒晃起來。

他把自己弄得像是丟了工作在街上流浪的人一樣。

「唉唉，這麼年輕就搞成這樣。」

身旁一位中年女人經過，她攔住了克里斯。

「你沒有去就業中心嗎？」

「就、業中心？」

那個女人似乎被克里斯口中發出的迷人低音嚇一跳，然後結結巴巴地回答。

「喔，就是那個啊，如果告知他們自己的情況，他們就供應食宿，還會教你一些技能再幫忙找工作的地方。」

那女人說話的時候和克里斯對到眼，發現了克里斯藏在帽子下的蔚藍色眼睛美到無法置信。

「是政府辦的嗎？」

極光沒有在這裡開啟任何事業，所以克里斯很好奇就業中心是誰創建的，後來他終於想起來十一月大洲也是有政府的。

「政府個屁，他們除了扣稅和貼極光的屁股以外，還會什麼？」

克里斯嚇了一跳。他第一次遇到這麼不喜歡極光的人。

「怎麼了，這不是公開的祕密嗎？」

女人壓低了聲音。

「是游離辦的。」

克里斯被這句小聲的悄悄話嚇壞了。

「游離・索伯烈夫？」

女人點點頭，然後退後一步說道。

「雖然大家都說要保密，但是該知道的人也都知道了。不懂內情的人可能會有點反抗心態，但如果不是那個人的話，冬季大洲早就毀了。」

克里斯假裝贊同地點點頭，但是心裡卻非常吃驚。

看來不管是多麼惡名昭彰的黑手黨，在自己的地盤還是花了不少力氣。他們暗地裡假裝做慈善事業，其實卻在散播不實的謠言。

其實極光之所以不能進入十一月大洲，也無法重建任何設施，都是因為游離．索伯烈夫拚命阻擋的關係。

這個方法還不錯，對於那些失業在街頭上徬徨的人來說這是一個非常美好的全新機會。搞不好游離．索伯列夫會在那個叫就業中心的地方挑選對自己極度忠誠的手下也說不定。

例如那些很急迫，沒有退路的人。

克里斯回想到當初在六月大洲的自己，當初自己在「覺醒」後，其實也是有可能和那些人一樣，加入游離．索伯列夫的就業中心。

克里斯當時除了自己的名字以外什麼都記不得，也找不到任何認識自己的人，克里斯唯一擁有的就是這副軀幹。

警察接到報案後，把在露宿街頭的克里斯帶到異能者聯盟設立的關懷中心，那裡會提供食物和休憩。克里斯一恢復精神就發現自己可以變身為野狼，然後他就成為極光的新人了。

除了自己的名字和語言，還有一些基本常識以外，克里斯就連自己成為異能者這件事都感到非常不習慣，但他就這樣成為極光的一份子，開始了安定的生活。

克里斯很慶幸自己已經不像剛開始那樣需要別人幫助，現在的自己可以用這股超能力來幫助別人。

克里斯突然覺得如果自己不是在六月大洲上被發現，而是在十一月大洲上被發現的話，他很有可能會跟其他人一樣進入就業中心。

那麼他就會成為黑手黨的走狗了。

「謝謝妳跟我說這些。」

克里斯對她鞠躬致意，女人連忙搖搖手，然後從包包裡掏出一包餅乾給克里斯。

「這是我烤給我女兒吃的，現在就給你吧年輕人！人在落魄的時候，要吃點東西才能打起精神。」

不想要拿走女孩餅乾的克里斯正想要拒絕，但那女人卻已經跑遠了，她應該是猜到克里斯會拒絕自己。

雖然克里斯不太喜歡吃餅乾，但是他也不能隨便丟棄別人的好意，所以他就把餅乾拿在懷中。打算肚子餓的話可以拿出來吃。

假裝無意間走進廢棄工廠區域的克里斯發現工廠周圍有很多鐵絲網，而且是無法翻過去的那種高度。另外……

嘰咿！

克里斯只是假裝在踢石頭，鞋子才碰到鐵絲網，接觸的部分就被燒得焦黑並掉到地上。

這裡沒有電力異能者，但他們還是可以在鐵絲網接上電力，表示十一月大洲可能有無限的地下資源可以使用。現在看來，這附近可能還裝了監視器。

重點是接下來的事情。

如果這裡沒有重要的東西，根本不需要建立這麼堅固的防護牆。看來這裡就像陽特所猜測的只有外表看起來是廢棄工廠，事實上則是有實際運作。

應該是游離．索伯列夫插手介入，他是為了在沒有異能者駐守以及極光無法掌控的十一月大洲上鞏固自己的勢力並尋求發展。

〈我沒有辦法接近廢棄工廠區，這裡設置了帶電鐵絲網。〉

克里斯向陽特回報後，立刻收到回應。

〈你先回去。〉

克里斯就像一名散步的路人，慢慢地移動腳步離開了廢棄工廠區。

☆☆☆

相隔將近十五天，極光祕密部隊老鴰隊的異能者再度聚集在一起。

「所有人按照順序回報調查結果。」

在隊長陽特的指示下，留在金城的異能者按照順序報告自己被分配到的地區以及這段期間的調查成果。

克里斯安靜地聽著，接著輪到克里斯報告。因為他被分配到最外圍的區域，所以他是最後一個報告的。

「十一區幾乎都搜查完畢了，我本來要調查的十一區藥販被殺害了。另外，我發現十三區那邊的廢棄工廠區域還是有在運作。」

稍作停頓的克里斯把新得到的資訊告訴了大家。

「還有，聽說黑手黨那邊有在經營『就業中心』。」

「他們有病嗎？」

自顧自碎碎念的陽特表情非常扭曲，神經兮兮地把頭髮往後撥了一下。雖然他頭髮現在剃得很短，看起來比較像是搔癢，但是臉色卻無比凝重。

「不管是在哪一個區域，去什麼地方找藥販，我們目前的線索都中斷了。這不太可能是因為內部消息被洩漏，我想是我們動作太慢的關係。」

所有隊員都非常凝重。黑手黨那邊的應對非常快速，讓人不禁覺得他們把十一月大洲玩弄在手掌心中這句話確實不是隨口說說的。

「我們在十一月大洲上沒有任何人脈，搜查動作當然比不上他們。」

阿帕爾納冷靜地開口，他是跟著陽特去調查藥販藏身之處的人，所以他非常清楚現場被清理的絲毫不留痕跡。

身為老鴇隊隊長的陽特也非常清楚這件事，但是他也不能因為這樣就叫自己的隊員放棄。

「黑手黨不管再怎麼厲害，他們所擁有的異能者人數還是有限。他們的能力不及我們，我們很快就可以抓到他們了。」

陽特逐一看著隊員的眼睛強調這件事。雖然他是假裝成嚴厲的模樣，但他也是在暗示他很相信隊員們的實力。

他是在刺激這些驕傲的異能者。

陽特停頓了一下，開始分配了每個人該負責的區域。陽特分配組員的經驗已經很多年了，更可以感覺到他有依照每名異能者的能力和個性來安排他們的調查任務。

雖然說陽特也是一名A級異能者沒錯，但也是他的用兵之道讓他坐穩隊長的位置。

「還有克里斯，」

陽特停頓了一下，才繼續說道。

「你有辦法進入廢棄工廠區看看嗎？」

「可以。」

克里斯毫不猶豫地點點頭。

雖然他親眼見過帶有電子鐵絲網，但他不會拒絕陽特的指示。

「很好，所有人加油。今天可以進行舒緩課程的安德雷亞、費德里克和吉利恩留下來。」

聽到陽特鼓舞大家以及讓三名隊員留下來的這些話，克里斯突然想起了盧卡。

進行完三次舒緩課程後筋疲力盡的C級舒緩者。

聽說C級舒緩課程的效益比較不好，而且舒緩者恢復的速度也比較慢。但是盧卡卻一個人面對九名異能者。雖然極光知道這對舒緩者來說很辛苦，但是他們也沒有辦法派兩名舒緩者到這麼危險的地方來。

但值得慶幸的是舒緩課程對舒緩者來說沒有太大的傷害。

會議結束後，克里斯離開了那棟建築物。雖然附近沒有人在注意這邊，而且也有精神系異能者負責干擾訊號，但是小心一點還是比較好。

十一月大洲看起來很平靜，但是它是黑手黨掌管的土地。雖然不確定游離・索伯烈夫掌控的程度，但是在他們眼皮底下還是謹慎行動比較好。

克里斯混入準備下班回家的勞工們之間離開，他搭了電車回到八區，像往常一樣走回居住的公寓，克里斯本來是打算立刻回家的。

但是他在一樓樓梯面前停下來看了一下手機。

〈17:08〉

「現在是單數時間。」

克里斯只是在自言自語，沒有人在聽他說話。

反正現在回去也不能馬上洗澡，克里斯腦中突然浮現對著自己大吼說四號房只有在偶數時間才能開熱水的男人。這本來是件讓人有點不開心的事情，但是克里斯的嘴角卻微微上揚，然後他轉身走出公寓。

邁開大步走的克里斯很快就經過了「唐約翰的雜貨店」，走回街上的克里斯突然有種奇妙的感覺。

克里斯第一次經過這條路的時候，看著街上倒閉的店家，他曾經覺得這裡非常窮苦潦倒。但是他現在卻覺得這裡其實很幽靜。

鋪著灰色地磚的人行道就像通往翡翠城的黃磚路[1]一樣閃閃發亮。

克里斯似乎一開始就決定了目的地，他毫不遲疑地邁開步伐走到木蓮書店前。隔著窗戶看到了游離，他好像是在看書，微微歪著頭的游離臉孔精緻得像是一件工藝品。

克里斯的目光忍不住看向游離在翻書的手，雖然克里斯看過很多使用手機的手，但是他卻從來沒有覺得哪一雙手像游離的手一樣吸引自己。也有可能是因為他現在手上的書是舊時代的書才會這樣。

克里斯突然很好奇藏在手套下的那雙手長什麼樣子，是像游離的臉一樣精緻，還是很粗糙？又或是布滿傷痕？還是說跟他白皙的臉蛋完全不同，是雙被陽光曬得黝黑的手呢？

總之克里斯覺得那副手套給人很冷冰冰的感覺，似乎非常適合游離。

就在克里斯安安靜靜地看著游離時，游離的手又把書翻到下一頁。雖然自己和游離隔著一道牆，但奇怪的是克里斯彷彿可以聽到他沙沙的翻書聲，當然這只是克里斯的幻聽。

現實中的游離彷彿身在寂靜的圖畫中，讓他看起來像是另一個世界的人。也有可能是因為克里斯在來到十一月大洲前，沒有看過別人翻閱過舊時代的書籍。游離就像是被人從古代原封不動帶回來的人物，身上充滿著古典的氣息。

不知道是不是游離感覺到視線，他突然抬起頭跟克里斯四目相交。克里斯雖然心裡有

1 《綠野仙蹤》裡出現的道路。走過黃磚路後可以抵達翡翠城，那裡住著可以幫你實現願望的魔法師。

點慌張，但他假裝是剛剛才到的樣子，點頭致意後就大步地上前打開木蓮書店的大門。

還是跟第一天來的時候一樣傳來一陣清脆的鈴鐺聲。

「歡迎光臨。」

「你好。」

游離用紫羅蘭色的雙眼盯著克里斯看了一下，才把目光轉回到自己剛剛看的書上，那平淡的態度讓克里斯感到安心。

因為克里斯還沒想好如果游離問他為什麼不趕快進來，而要待在外面一直看著自己時自己該怎麼回答。

克里斯努力地將看向游離的視線轉到書櫃上，這裡還是像他第一次進來時一樣，書櫃裡放滿了懷舊的書籍。

穿梭在書櫃之間看著那些書的克里斯聽到逐漸逼近的腳步聲突然緊張了起來，游離手上拿著幾本書經過他的旁邊。

就算克里斯不發揮獸人化的能力，他的嗅覺基本上也比一般人敏銳幾十倍，他可以感受到游離的味道。

一股淡到難以察覺的氣味，再加上消毒水的味道、木頭味還有讓人覺得有點濃郁的黑櫻桃香味混合在一起，另外還有老舊書櫃上紙張的香氣，這些味道正代表游離這個人以及這塊空間。

克里斯的心情有點奇特，他覺得自己就算看不到，只靠著這股味道也可以隨時找到游離。

「這個味道……」

克里斯不自覺地動了動嘴唇，游離轉過頭來，隔著一副眼鏡的雙眼直視著克里斯。

「味道太臭了嗎？」

怎麼會臭？克里斯微微皺了皺眉。

雖然黑櫻桃的氣味有可能讓人覺得很濃厚，但是克里斯並不會覺得那個味道太刺鼻。

「我才剛抽完雪茄，可能還殘留一些餘味。」

克里斯好像明白為什麼會有股濃濃的黑櫻桃味道了，因為雪茄餘味還殘留在空氣中的關係。

「你抽雪茄嗎？」

「對。」

這個嗜好很少見，克里斯的同事中雖然也有幾個人有抽菸，但是他沒有見過有人在抽雪茄。

在現在這個動盪時代，人工製造的雪茄數量非常稀少，他還聽說過要有人下單才會開始製作。相較之下各方面都比較貧瘠的十一月大洲上可以抽雪茄真的是一件很奢侈的事情。

但是身為一般市民的游離可以把抽雪茄當嗜好，還在一條老舊的街上開了一家舊書店，都顯得非常突兀。

「是我比較敏感一點。」

從這家充滿紙本書的書店來看，克里斯幾乎可以確定游離是一名富豪。再看到游離用來擺設的黑膠唱片機、書籍還有家具等等，也可以知道他很喜愛舊時代的文物。

不賺錢的舊書店加上愛抽雪茄的嗜好，這絕對不是一件常見的事情。

「你的嗜好都很懷舊。」

游離聽到克里斯說的話噗哧一聲笑了出來，游離正經的臉孔帶著一絲犀利的表情，搞得克里斯內心激動不已。

「幸好沒有讓你感到不舒服，我差點就要失去一名常客了。」

雖然這只是一名不在意舊書店收入的男人說的場面話，但聽起來還是讓人心情不錯。

「我才來三次就算是常客了嗎？」

「你是第一個走進這家店兩次以上的客人。」

簡短的一句話卻激起克里斯內心的漣漪。

「你今天有要找什麼書嗎？」

聽到游離這樣問，克里斯搖了搖頭。

「沒有，上次的書還沒看完。」

「你常常過來這裡，是有什麼想找的書嗎？如果你有想看的書可以跟我說，我來幫你找找看。」

感覺游離是在說，如果你沒別的事就趕快離開吧！

但是克里斯又想到那個非常沉默寡言，卻還是很認真地幫自己挑了好幾本書，還告訴他家具店在哪裡的游離，他覺得應該是自己誤會游離了。

「因為我很喜歡這家書店的氛圍，所以才常常過來。」

克里斯很認真地回答。

雖然這個答案與事實有點出入，但是這是最好的回答。不然他要怎麼解釋自己為什麼這麼反常地老是在游離身邊打轉。

就連克里斯自己也搞不清楚為什麼會這樣。

突然有一股視線射向克里斯，游離紫羅蘭色的眼睛顯得蒼白又清澈。不知道是不是因為這樣，克里斯才產生了自己可以一探究竟的錯覺。

但越是清澈的水面，越是難以預估它的深度。

「這本書送你。」

經過了漫長的幾秒鐘，游離才把視線從克里斯身上移開，然後從書櫃裡拿出一本書塞到克里斯手中。

《Dracula 德古拉》。

「為什麼？」

花了三千克萊蒂幣買了五本書的克里斯收到這個意外之禮有點驚慌，這裡平均一本書可是要六百克萊蒂幣。

「我不能接受這麼昂貴的禮物。」

「就當作是我送給同樣喜歡懷舊風格老顧客的禮物。」

游離的話有一種讓人無法拒絕的魔力，就算克里斯有點猶豫，他也只能接下這個禮物。

「我會……認真看完的。」

如果克里斯還想要再來這家書店的話，他可能要先把上次買的書看完。這樣他想念游離時才有理由再過來這裡。

「下次見。」

不知不覺中，克里斯被游離送到了舊書店門外。雖然說克里斯等於是被下了逐客令，但他彷彿被迷惑住一般，並不認為自己被趕走。

口中吐出的白氣把克里斯拉回了現實，雖然不感到寒冷，但是看到自己口中吐出白氣，他發現自己已經離開了溫暖的室內。

克里斯摸著手中舊書的封面，隔著玻璃看到游離的身影消失在書櫃之間，他才轉身回到自己暫居的住處。

克里斯沒有拿著任何食物，僅僅是捧著一本書都讓他覺得腳步非常輕盈。

⁂

第二天，克里斯將自己獸人化變成一隻狼，在廢棄工廠區附近轉了一圈。為了讓別人覺得他只是一隻迷路的野狗，他還在泥土裡打滾了幾圈，把銀白色的毛染得髒兮兮的。

那裡有兩扇門可以通往內部，一扇是車輛來往的出口，另外一扇是人們進出的大門。

車輛出口那邊有全副武裝的警衛，他們都待在警衛室裡，等到有車輛靠近才會出來盤查。

兩名警衛中有一個人發現了克里斯，對著牠揮了揮手。一開始克里斯以為他想要對自己開槍，所以慢慢地往後退。

但是那名警衛掏出了一個三明治，把夾在麵包裡的火腿拿出來丟到克里斯前面。

「你塊頭這麼大，多少吃點東西吧。」

警衛還下意識地告訴克里斯雖然火腿有人工調味，但至少比餓肚子好，聽到警衛這樣說，克里斯慢慢靠近火腿並用鼻子聞了幾下。

「哇，牠也太大隻了。這真的是狗嗎？」

丟火腿給克里斯的那名警衛旁邊的同事看到克里斯的樣子忍不住驚嘆出來，克里斯獸人化後直立身體大概接近兩公尺，也難怪警衛會有這種反應。

「這裡本來就會有一些狗和狼的混種。」

「嗯，我在三月大洲沒有看過這麼大隻的野狗，總覺得牠看起來有點威脅性。」

克里斯為了讓他們幫自己當作野狗，就開始吃起那片火腿。

從他們的對話得知，有一個人應該是其他大洲的人，但是三月大洲上的生活環境還不錯，不知道他為什麼會跑到十一月大洲來？

「聽說我曾祖父那個年代，那種狗都跟人一起生活，還會幫忙拉雪橇。所以十一月大洲上的野狗都算滿溫馴的。像剛剛那樣丟點食物給他們，他們還會靠近人類……」

「雪橇？雪橇又不會比車子快，舊時代真的有很多奇怪的事情。」

三月大洲出身的那名女警衛忍不住搖了搖頭。

「結冰的路上又不能開車。」

他雖然在反駁自己的同事，但目光卻離不開化成野狼的克里斯，剛好火腿也快吃完了。

「這次好像沒招到什麼新人?進來的車子比以前少很多。」

「就業中心都創建這麼久了,該進來的人都進來了吧!」

就業中心!

克里斯努力地讓自己不要豎起耳朵。

「那現在應該可以不用再做這種慈善事業了吧?真不知道老闆在想什麼?」

對於女子輕浮的語氣,丟火腿給克里斯的那名男子顯得有點不耐煩。

「我們幹嘛要知道老闆的心思?只要照著老闆的意思做事就好。」

「你們十一月大洲的人真的太忠誠了。」

「……那是因為妳不懂。」

男子的眼中帶有一絲憂鬱的神色。

「妳不知道我們被中央政府拋棄後過得有多悽慘,他是在我們快要放棄的時候,出現在這裡並扭轉一切的人。也許妳可能覺得這只是個慈善事業,但是他正在策劃一些超乎我們想像的事情,而且這件事一定對十一月大洲和所有人都有好處。」

男人吸了一口氣繼續說道。

「就業中心就是讓妳跟我這種無家可歸的人去的地方。」

克里斯吃完最後一口火腿後站起身來,他該聽的差不多都聽完了。

無法入侵的話就只能潛入進去了。

廢棄工廠的警衛並沒有想抓住搖著尾巴走遠的克里斯，只是遠遠地看著牠離開然後回到警衛室。

克里斯走到沒有人的地方才結束獸人化，並拿出手機傳送訊息。

〈我無法直接進入廢棄工廠區，我打算經由就業中心進去看看。〉

過了一下，陽特回覆克里斯。

〈那你跟安德蕾雅聯絡。〉

因為克里斯是負責廢棄工廠區域，而安德蕾雅正在調查就業中心。

克里斯用手機跟安德蕾雅聯絡，幾分鐘後安德蕾雅的身影出現在克里斯的手機上。

她是一名帶有紅色捲髮，長得很特別的女人。

「克里斯。」

「安德蕾雅，我是克里斯。」

克里斯點頭致意後直接切入話題。

「我想要潛入就業中心，所以需要妳的幫忙。」

「咦?你也要一起調查就業中心嗎？」

安德蕾雅的聲音非常清脆，克里斯聽完搖了搖頭。

「不是，我是想要透過就業中心進入到廢棄工廠區域，我偷聽到工廠那邊的警衛講話，就業中心會派人力去工廠做事。」

「好，那我告訴你要怎麼樣才可以快速進入就業中心。」

仔細聽完安德蕾雅的說明，克里斯馬上開始行動，他要先去十一月大洲僅有的幾個港口。

為了躲開巡查，躲在角落的克里斯想到了安德蕾雅跟自己說過的話。

「你知道包括十一月大洲在內的冬季大洲都保有很多天然資源吧？有一個組織每隔一段時間就會把這些資源賣給其他大洲的人。」

躲開人們視線進入到裝卸區的克里斯拿出手機查看安德蕾雅之前傳給他的碼頭俯瞰圖。

這裡雖然如同俯瞰圖顯示的裝有監視器，但是數量並不多且機型老舊，所以能監視的範圍不夠廣泛，相較之下死角也很多。

「這裡應該不歸游離・索伯烈夫所管，但是他們在兩方都有生意可以做。他們把人裝進搬運石油的大桶子裡，經由這個只能運送物資的港口，讓其他大洲的人偷渡進來。」

克里斯非常小心地行動，廢棄工廠區那邊有武裝警衛看守，但警衛正在自己的位置上呼呼大睡，這裡的守備比廢棄工廠區和搭乘飛船的登船門還要鬆懈很多。

所以那個組織才認為他們可以偷渡人口過去。

克里斯抵達了有許多大桶子的裝卸區。

「雖然大桶子的舒適度跟飛船差很多，但你就找一個空桶子躲進去把蓋子蓋上。」

這是安德蕾雅告訴他的方法，克里斯要分辨桶子是空的還是裝著石油或是人其實很簡單。因為裝著石油的桶子會有味道，裝著人的則是會有緊張又濃厚的呼吸聲。

這個金屬桶子比預料的小很多，因此打開空桶子躲進去的克里斯，不小心撞到了膝蓋。

『可惡。』

他沒想到追捕犯人時最好用的一雙長腿，現在成為他的累贅。幸好另一個桶子也發出了咚的聲音，應該是受到驚嚇的偷渡客晃動身體發出的聲音。

克里斯趕快把自己的身體塞進桶子裡，安靜地蓋上蓋子。

他嚇出了一身冷汗。

桶子內部非常擁擠，就算克里斯盡量把身體縮成一團也是一樣。而且內部很黑暗也很潮溼，克里斯全身緊繃，用雙手環抱著膝蓋，盡量避免身體移動及發出聲音，他又不由自主地流了滿身汗。

罐頭裡的青魚應該就是這種感覺吧！

自己才剛進來就被這股壓迫感搞得快要不能呼吸，那從其他大洲偷渡來的人到底會多不舒服。

這時，低沉又宏偉的汽笛聲響起。

「當碼頭響起十三聲汽笛聲，你就可以出來了。其他偷渡者也會出來，你就混在人群之中進去。」

一聲。

兩聲，三聲……然後第十三聲。

克里斯深吸了一口氣，然後打開蓋子探出頭來。

他看到其他大桶子裡的人也都出來了，有些人直接把蓋子丟到地上，有些人直接趴在地上吐了起來，還有些人在感謝自己的信仰。

有幾名面無表情的組織成員走過來一一打開大桶子確認。他們把幾名沒有力氣站起來，癱坐在裡面的人拉出來，工作人員的手臂肌肉看起來一點威脅性都沒有。

總共有三個人是被拖出來的，第一個人像是嗑藥一樣一直咧嘴傻笑，第二個人一直哭個不停，最後一個人則是一直在乾咳。

「每個裝卸區的負責人都不一樣，你只要給他看你的通行證，就可以安全地下船混在人群裡。手機記得要藏好，有那種東西的人是不可能去當偷渡客的。」

克里斯把手機關掉，綁在腰帶上藏在衣服裡面，然後手上拿著他的「通行證」交給巡視的組織成員。

看到克里斯的長相，組織成員微微皺眉後大力地抽走通行證，然後走到下一個人面前。

「因為從各大洲來的偷渡客非常多，就算有其他偷渡客在看你，覺得你的臉孔很陌生也不會怎麼樣。只要他們不聚集所有二月大洲、一月大洲還有十二月大洲的偷渡客進行交叉比對，就不會被發現，也不會有人來問你的身分或名字。」

其他人把通行證交給組織成員以後，就一起步伐蹣跚地往同個方向移動，克里斯也混在人群中開始移動。

「你就在碼頭勞工聚集的服務處那邊說你想要找工作，然後等就業中心的人來找你就好。」

雖然沒有標示方向，那邊也只有馬路沒有人行道，但偷渡客們還是順利走到了服務處。那裡有把帽子壓低擋住整張臉的人、用報紙遮陽躺在椅子上睡覺的人、還有手中拿著像酒瓶的東西大口大口喝酒並在櫃檯附近徘徊的人。

沒有一個人看起來是整齊體面的，破爛的手套和脫線的圍巾、袖口磨損非常嚴重的大衣、還有褪色的牛仔褲和開口笑的鞋子。

到處都充滿著粗獷和急躁的氛圍。

這些全部都和安德蕾雅說的一樣。

排在發放號碼牌服務處人員前面的人有一半都坐上了卡車離開這裡，剩下一半的人看起來一點都沒有想要找工作，他們都在等一個東西。

就跟克里斯一樣。

「來了！來了！」

有一個人這樣說了以後，在服務處等待的那些人陸陸續續站了起來。一開始還半信半疑的他們，臉上開始出現光芒。

「按照順序過來排隊。」

服務處職員很冷淡地叫他們過來排隊，大家有條不紊地排好隊伍。其中也有一些乾淨體面的人，就連那名喝得醉醺醺的那名男子，也用顫抖的雙手重新打好領帶。

克里斯也排進隊伍裡。

兩名穿著西裝的人走進來，其中一個人打開手中的文件袋，另一名女子站在他的旁邊控制住吵鬧的現場。

「我們是從就業中心過來的。」

她看到大家有在認真聽她說話，所以開口說道。

「應該有一些人聽說過十一月大洲的就業中心，那我先簡單地跟大家介紹一下我們中心。」

她從文件夾中拿出一台手機，按了幾下後投影出一張資料。那是一份簡易的資料，內容非常簡單明瞭，也沒有過多華麗的背景。

「我們就業中心會提供機會給一些需要的人，進入中心之後可以自行挑選適合的領域培訓，最多可以選擇三個領域。」

她列出烘培、建築、縫紉等多種領域，大部分的企畫都是針對一些專業技術方面的領域，而且都是馬上可以活用的技術。不光是十一月大洲，在其他大洲也都可以派上用場。

「培訓期間我們會提供食宿，條件是大家必須要認真上課。結業之後，如果要留在十一月大洲的話，我們會提供租屋補助，但是如果要去其他大洲發展，就沒有辦法獲得補助。」

這個代表他們不會要求你留在十一月大洲，但如果留下的話福利比較好。如果不是急需用錢的話，這個條件真的很吸引人。

「還有，我們不會另外收取任何學費。」

連學費也不收，表示大家可以在這裡學成技術後，回到自己原本生活的地方，或是去更繁華的大洲發展。

就算克里斯知道這個就業中心是游離・索伯烈夫創辦的，他也無法討厭這個機構。

「但是，如果你們加入就業中心後中途放棄培訓計畫，以後就不能再次加入了。」

中心派來的職員依序看向每一個排隊的人這樣說道。

「這就是唯一的條件，這裡有一張切結書，想要加入就業中心的人就繼續留在隊伍裡。」

雖然有些人在交頭接耳，但大部分的人還是非常遵守秩序地簽完切結書，然後跟著指示走到服務處外面，克里斯也是其中之一。

克里斯簽切結書的時候有點緊張，但是沒有人在意他的身分。排隊等待的克里斯，再度確定自己的手機有妥善藏好後，搭上了中心派來的車子。

車子內部非常乾淨寬敞，大家的臉上都參雜著不安和期待兩種情緒。克里斯夾雜在他們中間，不知道自己該擺出什麼表情，只能把帽緣壓得更低。

這時從後方座位傳來嘰嘰喳喳的談話聲。

「原來妳也來十一月大洲了。」

「我本來在想要不要去九月大洲的……」

女人低聲說那裡也可以偷渡過去，並接著說道。

「我聽說十一月大洲的就業中心還可以幫忙戒酒和戒毒。」

女人轉了轉眼珠後這樣說。

『戒毒？』

克里斯忍不住皺了一下眉，他突然慶幸自己有戴著帽子。

極光總部認為販售毒品的就是游離・索伯烈夫的組織，但是他所創辦的就業中心竟然會幫人戒毒，真是令人難以置信。

「對，我也聽說過這件事。」

男人嘆了一口氣。

「那你呢？我剛看到你跟服務處職員說話，你為什麼會來就業中心？」

「其實我現在急需用錢，本來想要跟剛剛那些人一起搭卡車離開服務處的……但是我已經厭倦過一天算一天的生活了。如果努力幾個月可以學到一項專業的技術，那之後生活應該可以好過一點。」

這樣說不定可以存點錢，甚至還可以買間房子，男人的聲音中添加了幾分憂鬱和艱辛。

隨即，兩人便陷入沉默，看來搭上這輛車的人都有自己的故事。

克里斯如果撇開自己不信任十一月大洲黑手黨這件事，他其實覺得就業中心真的是一個提供優質技能培訓的好地方。

車子開沒多久就抵達了就業中心，克里斯真的來了前陣子在廢棄工廠地區跟自己萍水相逢的女人所推薦的就業中心，不禁覺得心情很奇妙。

「他們是這一期的學員。」

拿著偷渡者切結書的職員把他們帶到大廳，交給在中心等待的職員之後就離開了，他們每個人工作都分配得非常確實。

「今天是第一天進入中心，我先跟大家介紹一下中心的規定和各個設施。」

雖然是例行公事，但職員還是很認真地介紹了餐廳、住宿，還有教室和操作室等地方。克里斯默默地把格局記在腦中，然後跟著大家移動腳步。

寫完資料後，宿舍名單就分發下來了。

宿舍是六個人一間，只要不跟會打呼的人分到一間，基本上環境是非常不錯的。有公共淋浴間，而且打開水龍頭隨時都會有熱水。

以某個層面來看，宿舍環境似乎比克里斯現在住的公寓還要好一些。雖然就寢時間後就不能再進出，但只要有準時上課，就算晚上不回宿舍睡覺也不會有什麼懲罰。

為了要調查就業中心，克里斯認為自己還是留在宿舍比較好，所以他去看了自己的房間。

『現在沒有時間看書了。』

克里斯在下舖打開行李時，突然想到家裡那疊「I—D—I—O—T」。如果要找理由再去木蓮書店的話，就要把那些書都看完，但是現在他完全沒有時間看書。

在就業中心裡面拿著紙本書這種奢侈品走來走去只會引人側目，雖然手機有藏好帶進來，但克里斯把手機設定成只能緊急聯絡，如果為了要看書而用手機叫出畫面也很可笑。

他有點心煩意亂。

克里斯不知道自己到底是從什麼時候開始一直被這些跟任務沒有關係的事情干擾，並且胡思亂想。商店街附近的書店老闆竟然比他們的目標游離．索伯烈夫還常出現在自己的腦中。

就是那個在一家沒有客人的書店裡用黑膠唱片機放著懷舊音樂，並讓整家店環繞著雪茄的香氣的那個男人。

克里斯甩開了雜念，把自己蜷縮在床上。雖然床鋪比公寓的床鋪堅固，但是不縮著身體，腳就會超過床墊這件事卻仍然沒有改變。

這時候他突然想起為了身材高大的異能者特製家具的極光。

原來自己平常看起來無欲無求是因為生活中沒有什麼不方便的地方，不是自己真的無欲無求，而是周圍的環境實在是太便利了。

不知道是不是因為克里斯失去記憶的關係，在極光覺醒後的克里斯覺得自己人生非常黑暗。雖然受訓和出任務對他來說一點都不困難，但是他在生活中卻找不到任何有興趣的事情。

當然，這是在克里斯發現那家的書店以前。

驚覺到自己又開始想到游離的克里斯咬了咬嘴唇，克里斯短時間內可能連跟安德蕾雅和陽特聯絡的時間都沒有，但卻一直被任務以外的事情擾亂心緒，他自己也覺得很困擾。

就業中心是游離·索伯烈夫創建的，所以克里斯現在就如同羊入虎口一樣危險。

克里斯現在沒有辦法收到極光更新的資訊，因此他處理每件事情都必須非常小心，這次是克里斯第一次進行潛入任務。

『還真的有點怪。』

蜷縮在床鋪上的克里斯，感受著陽光和漂白水混著柔軟劑香味的味道，陷入了沉思。

十一月大洲是一個難以潛入的地方，所以應該要派一些比較經驗老道的異能者，但是極光卻把身為新人的自己加進隊伍，真的令人匪夷所思。更何況克里斯還跟其他異能者不一樣，他有一個致命的弱點就是完全不記得自己的過去。

克里斯認為單純是目前老鴰隊的隊長陽特對於自己實戰成績有很高的評價，才讓他加入這次任務。

在之前的任務中，克里斯是有一些用處。但他並不是需要動頭腦的成員，所以也從來不用思考為什麼上面要給自己這種任務，只要照著陽特的指示行動就好。

「就寢時間到了，現在開始不得再進出宿舍。」

廣播響起的同時，大燈也熄滅了，克里斯窩在比他身高還短的床鋪上閉上眼睛。

雖然克里斯這幾天換了好幾個睡覺的地方，但他還是很快地進入夢鄉。睡了一覺的克里斯在清晨起床，這是他在極光訓練時開始養成的習慣。

克里斯起身看到室友們都還沒起床，便離開房間走向公共淋浴間。

應該是因為時間還很早，淋浴間只有克里斯一個人，他把衣服放進置物櫃然後走進淋浴間。雖然他有點猶豫要不要拿掉手機，但是如果洗到一半被走進淋浴間的其他人發現會更困擾，為了以防萬一他還是拿下來了。

克里斯一直以來就連訓練的時候都帶著手機，所以把它看得比自己還珍貴。

赤裸身體的克里斯看起來非常粗礦結實，他從肩膀到小腿都是肌肉，那不僅僅是為了耍帥，還有一股自然震攝他人的氣勢。這不是刻意練出來的肌肉，感覺得出來是經由多場實戰而自然形成，充滿著強烈的氣息。

如果會看人的話，應該會好奇克里斯以前是做什麼的，甚至還會懷疑他的過去。

克里斯拿起毛巾走進淋浴間，因為他是第一個走進來的人，所以淋浴間還非常冷清。慢慢走進去的克里斯故意選了一個可以清楚看見入口的隔間，因為每個蓮蓬頭都有隔板隔著，所以讓人覺得比較自在。

為了消除睡意和昨晚的雜念，克里斯打開水龍頭讓熱水嘩啦啦地沖下來，克里斯閉著眼享受著那股溫暖。

水柱從克里斯的肩膀，順著雄壯的背肌往下流，流過結實的臀部，再流到像野獸般緊繃的小腿肌肉，接著流向下水道。

隔間內充滿了熱氣，面前的鏡子也變得模糊，只反射出克里斯的輪廓。

在這個除了自己氣息外什麼都感受不到的空間內，只聽見嘩啦啦的水聲，真的是一種很奇特的感覺。這個空盪的地方彷彿被熱氣填滿，但也可以說是流水將原本佔據這個地方的寂靜給沖散了。

克里斯用溼漉漉的手擦了擦鏡子，他微溼的頭髮垂下來，看起來似乎比平常年輕一點。

不只那樣，克里斯有時候會覺得自己的臉孔很陌生，好像是在看一個陌生人一樣。越過臉孔往下看，克里斯的視線停留在胸口的位置，左邊胸口有一道橫貫的傷疤。

克里斯的身上有好幾道傷疤，胸前這個看起來最嚴重，好像也是最久遠的傷疤。

他的手輕輕地摸著那道疤痕。

『是誰弄的呢？』

那雙看著鏡子內自己的蔚藍色眼睛漸漸地沉了下來。

克里斯失去了所有記憶，所以也不記得身上這些傷疤的由來。他只知道自己是一名強化系的異能者，雖然他記得自己的名字，但是卻不記得其他背景，連姓氏都是極光給的。

對於一個沒有記憶的人來說，與其說克里斯想要報仇，應該是說他很好奇自己的傷疤由來。

『在我身上留下傷痕的你。』

雖然克里斯不記得自己是誰，但是他還是很想知道自己身上傷疤的故事。

在他專心看著自己身上的傷疤時，鏡子又再度充滿白霧。這次克里斯沒有擦拭鏡子，而是在水流下閉上了眼睛。

因為太想知道自己的敵人是誰，所以才陷入這種思緒裡，想想也是有點可笑。

克里斯洗完澡把毛巾圍在腰上，走向置物櫃。

髮尾還在不斷地滴水。

在極光的時候有一名舒緩者說克里斯的頭髮很漂亮，問他想不想要把頭髮留長，結果克里斯果斷地搖搖頭。因為短頭髮整理起來比較方便，另外在出任務時，經常聽說敵人會趁機抓住對方的長頭髮。所以說除非是不需要任何動作的元素系或精神系異能者以外，最好還是盡量減少自己的弱點比較好。

正在穿衣服的克里斯，穿上褲子後正要把手臂伸進袖口時感覺到一些動靜。他看向入口處，過沒多久就看到一名中年男子走進來。

「嚇我一跳！」

那人看到克里斯以後才安心下來，克里斯抓著還沒扣好釦子的領口，微微點頭致意後繼續穿他的衣服。

「咳咳，對不起。我第一次遇到有人這麼早來淋浴間，所以嚇了一跳。」

「沒關係。」

克里斯冷淡地回應後繼續扣釦子，雖然他看起來是就業中心的學員而不是游離・索伯烈夫的手下，但是克里斯也不想被其他人發現自己身體上的特徵。

然而中年男子卻沒有馬上換衣服走進淋浴間，他的視線一直留在克里斯的臉上。

「我的臉上有沾到什麼東西嗎？」

「喔，不是的。」

男人輕輕地搖搖手。

「這裡有一個長得跟你很像的人，真的好神奇。」

正在扣最後一個釦子的克里斯突然停下手上的動作。

「你們像到讓人會覺得你們是兄妹，可能是因為頭髮和眼睛的顏色一樣。」

男子歪著頭打量克里斯，然後又為自己好奇地打量他而道歉，接著就走到置物間裡面。

跟自己長得很像的人。

因為這不是什麼值得深思的事，所以克里斯關上置物櫃的門走出去以後，就把男子的話拋到九霄雲外。

克里斯進來以前沒有想過自己要學些什麼技術，所以他就選了最多人選擇的建築業。他認為人多的地方，資訊應該也會比較多。為了盡可能低調行事，克里斯決定跟著大多數的人行動。

這麼多人選擇建築技術的原因其實很簡單，各大洲的氣候、文化和發展都存在著不同的差異，重建或復原舊時代各項設施，是在各大洲都可以發展的事業。另外，每個地方也都在建造新的房子。

如果有好好的學到技術，成為一名受人歡迎的技術人員，在現在這個時代是非常搶手的，他們不管在哪個大洲都可以過上安穩的生活。

按照時間來到教室的克里斯已經把就業中心內部的地圖刻劃在腦中，教室裡坐滿許多學員，雖然大家都是三三兩兩地聚在一起，但其中有一群人顯得最為熱絡。

克里斯無意識地看過去發現那群人中間坐著一名金髮女子，正在和朋友說笑的金髮女子不知道是不是因為感受到他人的目光，她轉過頭看了看克里斯。

「天啊？」

看到那雙蔚藍色眼睛的克里斯馬上知道早上在置物間那名中年男子口中「長得和自己很像的人」是在說誰了。

那名女子的亮金髮和蔚藍色眼睛跟克里斯一模一樣。因為在六月大洲上有著那種金髮的人非常稀少，所以克里斯嚇了一跳。尤其是閃閃發亮的金髮加上如同北海般清澈的蔚藍眼睛這種組合，克里斯也是第一次見到。

仔細看的話他們的五官長得並不相似，但是整體形象太過類似，乍看之下的確會以為他們有血緣關係。

她的眼神中閃過一絲好奇，然後跟身邊的人說了幾句話後，就起身往克里斯這邊靠近。

「你好，新人，我叫做娜絲琴卡，跟我熟的人也會叫我娜查，你可以隨便叫。」

笑得很開朗的娜絲琴卡伸出手，克里斯和她輕握了一下就放開了，克里斯不管在哪裡都擺脫不掉新人的標籤。

「哇，雖然我有聽湯姆叔叔跟我說了，但沒想到真的這麼像。」

儘管克里斯不太喜歡初次見面就跟自己裝熟的人，但他還是有禮貌地介紹了自己的名字。

「很高興認識妳，我叫克里斯。」

克里斯也不想對一個交友廣闊的人太過於冷淡。

「真的好神奇，我沒有失散的哥哥或弟弟，現在也沒有辦法叫醒已經去世的父親質問。」

娜絲琴卡邊笑嘴裡邊說著「真是麻煩啊」，聽到這句話克里斯不禁覺得有點可惜。雖然克里斯也是有可能遇到和自己有血緣關係的人，但是目前看起來她似乎比較像是一個長得跟自己很像的陌生人。

再加上他越看娜絲琴卡越覺得她沒有熟悉感，大概是因為克里斯可以化成一隻野獸，所以他的直覺通常都很準。

「總之我們能夠認識也算是有緣分，以後可以做個朋友。雖然我只比你早幾個月進來，但在這裡也算是個學姊，你有問題都可以問我。」

娜絲琴卡友好地笑著說，克里斯覺得這個提議不錯，也就答應下來。

跟克里斯聊了一下後，娜絲琴卡就回到自己朋友身邊。克里斯也選了一個適當的位子坐下。上課時間到了之後，講師非常準時出現在教室並開始講解安全教育。

克里斯非常認真聽取講師說明關於工地現場的重型設備可能發生的意外和示範發生緊急情況時該怎麼處置等內容。這裡跟克里斯剛知道這個地方時所猜測的不一樣，並沒有進行任何洗腦教育，講師只是用平淡無奇的語調講解和課程有關的內容而已。

但是這只是第一堂課，還可以再多多觀察。

極光總是說暗中掌管十一月大洲的游離・索伯烈夫是一名非常危險的存在，也許他們會用別的方式來洗腦他人。

克里斯沒有因此鬆懈，但是他在之後的課程中也沒有發現什麼奇怪的地方。

這裡提供的餐點很簡單卻也很美味可口。

拿著黑麵包泡著濃湯進食的克里斯覺得非常飽足。就像猛獸吃飽後會比較放鬆一樣，就在克里斯的警戒心稍微放鬆的時候，他看到第一堂課遇到的娜絲琴卡慢慢地朝自己走過來。

「我們又見面了。」

娜絲琴卡沒有選擇麵包和濃湯，而是拿著馬鈴薯泥和炒青菜過來坐在克里斯的對面和他打招呼。

「如果這裡沒人坐的話，我就不客氣囉！」

「請坐。」

「你今天第一天進來，適應得還好嗎？」

「還可以。」

「那就好，有一些人會因為無法適應，中途就離開了。」

娜絲琴卡笑著說，從她說話的語氣看來，她似乎已經待在這裡很久了。

「我會學完所有的東西再離開。」

事實上，對於克里斯來說就業中心不過是為了接近廢棄工廠區的一個墊腳石而已，但是克里斯必須先了解他們是用什麼標準來挑選就業中心的人去廢棄工廠區。

安德蕾雅也在她所進入的就業中心中調查克里斯所需要的資訊。

「我想請問妳，妳有沒有什麼經驗可以跟我分享的？」

克里斯溫柔笑著問。看到長相帥氣美男子的笑容，娜絲琴卡的眼神變得比較柔和。

「就算你對我放電，我也沒什麼經驗可以分享……」

「妳是我的學姊，應該比我懂很多。」

克里斯的笑容也是在極光受訓的時候學的，他當時學到擁有不錯的外表和適當的禮儀，在進行任務的時候比較容易取得他人的好感。

娜絲琴卡在克里斯再三拜託下哼嗯了一聲，稍作停頓後緩緩地開口說道。

「這裡不是什麼嚴格的地方，所以也沒有什麼可怕的規定。進來的人雖然不少，但是很多人都中途放棄，短的話待六個月，長的話大概待一年，所以只要遵守中心立下的那些規定就好。這裡的人以前都過得很艱辛，有時也會有一些問題人物出現，但他們也馬上就會被隔離。」

克里斯從娜絲琴卡這裡得到很多資訊。

小至中心購入外部食物的管道和申請「外出」等事宜，大至宿舍會另外幫吸毒者安排專用的房間，雖然那裡沒有限制學員進出，但他們大多很凶狠，所以會讓其他人儘量少靠近那邊。

克里斯在腦中記下了吸毒者宿舍區，他認為之後有機會可以偷偷靠過去看看。

「如果要說有什麼不成文規定，那就是大家都很有默契地不詢問他人的過去，不管是做過什麼事情或是待過什麼地方……」

娜絲琴卡壓低聲音。

「喔。」

「因為會進來這裡的人多少有些故事，這是要提醒大家不要讓別人感到壓力的意思。」

偷瞄了一下旁邊的娜絲琴卡雖然臉上還是活潑輕鬆的樣子，但是內容變得比較沉重，看來娜絲琴卡自己也有一段不為人知的過去。

「我會注意不要造成別人困擾的。」

「大家根本不會開啟這個話題，我們只會討論未來想做什麼事情，我能告訴你的就只有這些了。」

娜絲琴卡說自己講了這麼多話肚子又餓了，就拿著托盤站起身。

「我還要再去拿一點食物，你呢？」

「我應該夠了。」

如果吃得太飽行動會變得遲緩，克里斯一直以來都很克制食量，尤其是進行任務的時候。

「你不用擔心多拿食物會怎樣，不管是吃多少東西都不會有人說什麼的。雖然這裡的人都專心於自己的工作，不算非常親切，但這樣其實讓人比較自在。」

「這個資訊非常重要，下次我肚子餓的時候會記得的。」

克里斯帶著微笑點了點頭。

「等下教室見。」

「好。」

娜絲琴卡對著克里斯揮揮手就就離開了，克里斯很慶幸自己遇見一個很好心的人，接著也起身離開餐廳。

克里斯去辦公室拿了外出申請書回房間的路上，他故意走錯路往吸毒者宿舍區前進。

克里斯從安德蕾雅給自己的俯瞰圖可以看到辦公室那裡有一條走廊可以通往吸毒者宿舍，就算遇到其他人，也可以用自己第一天進來不小心迷路來當藉口，所以他覺得一定要趁今天過去看看。

這一區並沒有因為是吸毒者的宿舍而比較昏暗也沒有比較明亮，和克里斯的房間看起來幾乎沒有差別，第一次過來的人真的很有可能會走錯。

雖然門的另一邊有住其他人，但是走廊上卻非常寂靜。這裡完全感受不到一絲人氣，只有嗆鼻的味道和漂白水味混合著成藥的味道。那些味道沒有很濃，如果不是像克里斯一樣嗅覺非常靈敏的話，根本不會注意到這些味道。

『他們好像管理得滿不錯的。』

但是克里斯沒有辦法確認有哪些人住在這裡。這時候，有一扇門突然哐噹一聲打開，三名穿著藍色衣服的人推著一張有輪子的床鋪跑出來。

「我們要過去！」

「請借過一下！」

他們看到克里斯在走廊也沒有感到驚訝，而是快速地推著床鋪離開。

躺在床鋪上的人翻著白眼毫無知覺。雖然那個人失去意識，但露在棉被外面的手還是一直抖個不停，看來應該是毒癮發作了。

床鋪消失在走廊那一頭後，聽到一陣嗚咽聲的克里斯轉過頭查看。

那些人離開之後房門慢慢關上，克里斯看到門的厚度就了解為什麼裡面發生這麼大的騷動，外面卻完全聽不見了。

『門還真厚，牆壁是用隔音材質做的嗎？』

從門縫看進去，裡面至少有三張有輪子的床鋪。每張床鋪上都掛著名牌，在門關上前，克里斯看到一雙腳露在棉被外，以及他的名字。

「沃特・埃文斯。」

好不容易記下那個名字的克里確定走廊中間的樓梯間沒有監視器以後，他打開了手機。他申請讓極光調查關於沃特．埃文斯，然後就把手機關起來，接著他假裝什麼事都沒有發生，回到了自己的房間。

第二天清晨，一早起床的克里斯走到公共淋浴間要把手機拿下來的時候，他看到了回信。

「沃特．埃文斯兩年前在十二月大洲經營一家家具店，在一場不知名的大火把店面燒光後從此消失無蹤。那場火災不是自然災害，因此推測應該是他異能者的身分暴露，所以遭到縱火。」

他是異能者……

發現就業中心可疑之處的克里斯眼睛瞇成一條線，他認為也許吸毒者宿舍裡的異能者不只一個人。

上課時間到了，克里斯走進教室，很自然地向娜絲琴卡打招呼，然後便坐在她的附近。下課的時候，克里斯也很自然地混進了娜絲琴卡那一群。

「哇，你就是克里斯？」

「對，以後還請大家多多照顧。」

「不說的話還以為你是娜絲琴卡的弟弟呢。」

「我和娜絲琴卡是第一次見面。」

「也是，雖然你們眼珠和頭髮的顏色一樣，但是看久了發現你們五官長得不太像。」

克里斯不希望話題圍繞著自己，一直在等待別的話題。直到有人問他還適應宿舍生活嗎，他才很誇張地說道。

「床鋪真的有夠不舒服。」

「床鋪怎麼了？」

果不其然，一名長滿雀斑褐色頭髮的女子對克里斯的回答很感興趣。

「因為我身高的關係，床鋪對我來說有點小，我必須縮著身體睡覺。以前在家鄉的時候，我也是為了找一張合適的床鋪費勁苦心，沒想到在這裡也是一樣，看來我還要慢慢習慣。」

雖然說大家都有默契不要問別人的過去，但是自己先開口好像沒有關係，沒有人對克里斯投向異樣的眼光，娜絲琴卡咯咯笑著說道。

「也是，我第一次看到克里斯的時候嚇了一跳，他也太高了……」

「雖然身高很高看起來好處很多，但是要尋找一張合適的床鋪真的很累人。我突然想到我之前買加大床鋪的悲慘遭遇。」

「悲慘遭遇？」

「我去家具店說要買一張最大的床鋪，老闆推薦我買組裝式床鋪，但我實在太想要舒服地睡一覺，所以我還是堅持要買最大的床鋪。結果……床鋪根本進不了我的房間。我錢都花了，但如果想要把床鋪搬進房間，我就要把房門拆了才可以。」

克里斯邊搖頭嘆氣邊抱怨。

「然後埃文斯叔叔說他早就料到了，然後還一直念我『不聽老人言，吃虧在眼前』。」

克里斯超級熟練地加油添醋，假裝苦著一張臉說著前不久床鋪搬不進去房間的故事，把大家逗得哈哈大笑。

但其中卻有一個人皺了皺眉頭。

「埃文斯？」

果然有人上鉤了。

「你還記得他的全名嗎？」

克里斯聳了聳肩，假裝毫不在意地回答。

「我記得是沃特．埃文斯……」

「天啊！」

那名男子嘴巴張得超大。

「沃特沒多久前還在這裡跟我們一起上課。」

「你說沃特叔叔在這裡？怎麼可能，他的店被火燒掉後，他已經失蹤兩年了……」

克里斯的話沒有說完，但是認識沃特・埃文斯的那名男子聽到克里斯這樣說，似乎變得更相信他。

「十二月大洲出身，開過家具店的話，就是沃特沒有錯。他在這裡的時候是學烘培的，他總是說他的夢想就是在這裡學完技術，然後回去家鄉開一家新的店面。」

「烘培？你說那個手很不巧的沃特叔叔學烘培？」

從來沒跟沃特・埃文斯說過話的克里斯其實根本不知道他的手巧不巧，克里斯只是故意這樣損他而已，克里斯覺得自己運氣真的很好。

他本來是想說如果自己的故事在中心傳開，應該就會有認識沃特的人出現，沒想到這麼快就有人上鉤。

剛好和娜絲琴卡熟識的那一群都是進來中心很久的老學員。

「嗯，大概是三個月前。」

「哎呀，他結訓離開了嗎？如果我早點進來這裡的話……」

克里斯惋惜地自言自語，然而對方的臉色卻暗了下來。

「沃特不是結訓，他的身體一直不太好，我後來才知道他一直在吃一種不太安全的藥。我聽說他在課堂中昏倒，然後就被送到附近的醫院了。」

克里斯假裝大吃一驚，有時候一個瞬間的表情，會比說十句話來得有說服力。克里斯必須要表現出他真的認識沃特・埃文斯一樣，這樣才不會有人懷疑他。

「你也不用太擔心。」

可能是感受到克里斯的情緒波動，娜絲琴卡開口安慰克里斯。

人類會利用他人的反應去判斷那個人的情緒和想法。我們在生活中會一直感受到對方高興、傷心、生氣和驚慌的時候出現的反應，所以要假裝起來其實輕而易舉。欺騙就是有意地做出某些反應給別人看，克里斯將此付諸行動一點都不困難。

克里斯苦笑了一下說道。

「我在講這件事前都忘了沃特叔叔了，與其說是擔心，我只是覺得心情有點複雜。」

克里斯裝出一副雖然跟他不是很熟，但因為有過幾面之緣所以聽到這不好的消息還是有點吃驚，接著把話題扯遠。

「希望有機會可以再見他一面。」

克里斯用這句話結束了那個敏感的話題，大家開始討論今天學到的東西和中午的菜單。雖然也有人在偷瞄克里斯，但可能是大家都很有默契不詢問對方過去的事，所以沒有人再提起沃特・埃文斯。

在他們準備去餐廳的時候，娜絲琴卡偷偷地叫住克里斯

「克里斯，過來一下。」

「娜絲琴卡？」

「噓。」

她把克里斯帶到人煙稀少的走廊。

「關於埃文斯叔叔……其實他還在這個中心裡。」

「什麼？」

克里斯假裝吃驚地反問娜絲琴卡。

「他就住在我昨天提到的吸毒者宿舍裡面。」

「怎麼可能……」

雖然在這裡克里斯學到這種時候他應該要假裝踉蹌，但是他覺得娜絲琴卡纖細的手臂應該撐不住自己，所以就放棄了。

克里斯驚訝地摀住嘴巴。

「他為什麼……會在那裡？沃特叔叔是一個很老實的人。」

娜絲琴卡苦笑了一下。

「毒癮有在分個性的嗎？不管是老實人還是懶惰的人，墜落深淵不過就是一瞬間的事。」

娜絲琴卡的語氣意味深長，彷彿她遇過很多吸毒者似的。

「如果可以見他一面就好了，但應該很難對吧？」

「你還是不要去比較好。」

娜絲琴卡臉色黯淡的說。

「那個人可能是一名異能者。」

克里斯睜大雙眼，他收到的資訊也是說沃特．埃文斯可能是一名異能者。但是只在就業中心和他見過幾面的娜絲琴卡怎麼會知道他是異能者呢？

「我聽說有一次在烘培教室裡，烤箱溫度突然升得非常高，差點失火，那天之後沃特就被送到吸毒者宿舍了。不過我也不是馬上就懷疑他，我一開始也覺得是機器故障。」

娜絲琴卡會那樣想也很正常，異能者其實沒有很常見，一般人遇到這種事只會覺得是意外而已。

「但是我之前也從剛才告訴你埃文斯下落的那個人那裡聽說過他之前的店失火，然後烘焙教室也差點失火……這不是很可疑嗎？假設埃文斯是異能者，那就可以理解為什麼他要服用那種危險的藥物了。在冬季大洲上遇到舒緩者是難上加難，所以很多異能者為了壓抑過度敏感的感官都會服用藥物。」

沒有舒緩者的異能者就像沒有冷卻水的引擎一樣，沒有時間冷卻，只是一直不斷再加熱。漸漸地力量和感受都會開始超過負荷，如果到了無法控制的地步就會失控，就像過熱的引擎會爆炸一樣。

雖然宣洩力量會對周圍帶來很大的威脅，但是對異能者本人來說自身感官失控才是最痛苦的。視覺、嗅覺、聽覺、觸覺甚至是味覺都會開始變得極度敏感。

他們無法控制映入眼簾的景象，連亮光和黑暗都可以把他們淹沒。在別人眼中單純一顆紅色蘋果，在他們眼裡卻會有幾千幾萬種顏色讓他們眼花撩亂。

淡淡的花香也會強烈到像是一股惡臭，就連下過雨的清爽早晨也會令他們噁心作嘔。

在同個空間裡的人吞口水聲音、昆蟲揮動翅膀的聲音、外面有人走路的聲音、汽車奔馳在道路上的聲音都像是巨響般圍繞在腦中，那種痛苦不亞於有人用鐵鎚敲擊自己的腦袋。

輕撫過皮膚的微風也像被尖銳的刀子劃過般痛苦，不光是食物入口，就連空氣進入口中也可以感覺到強烈的味道。

最後就連一滴水都會讓異能者感到一股非常強烈的腥味。

如果每分每秒都要經歷這種感覺，那真的不如死了算了，無法接受舒緩課程的異能者終究逃不過一死。

有一半是因為失控而身亡，另外一半則是自己選擇離開這個世界。

「沃特叔叔不可能是異能者，我聽說藥物對異能者沒什麼用……如果他真的是異能者的話，把他留在吸毒者宿舍不是也很危險嗎？」

克里斯還補了一句「這裡都是一般人啊」，娜絲琴卡則是用一種看到純真少年的眼神看著克里斯說道。

「這裡是游離．索伯烈夫創辦的就業中心，你會單純地覺得這裡只有一般人也是滿厲害的。」

「……我聽說黑手黨不會直接介入這裡，這裡只是慈善機構創辦的地方。」

「對外當然是那樣宣稱，這樣夏季大洲那個自以為是的極光才沒有理由干涉這裡結訓學員的未來，但是大家都心裡都很清楚這裡的老闆是誰。」

娜絲琴卡不屑地這樣說，看起來活潑開朗的娜絲琴卡對於異能者聯盟似乎沒有什麼好印象。

「吸毒者宿舍大概每三個月到半年就會清空，我認為他們是在那段期間內挑人。他們為了掩人耳目會把真正的吸毒者送到醫院，然後把像埃文斯這種異能者送到別的地方去。」

「妳為什麼要跟我說這些？」

克里斯有點不知所措地喃喃自語。

假裝接收到太多驚人資訊而感到驚嚇的態度其實非常不適合克里斯，他看起來就像一隻披著羊皮的狼。

但就算感受到這種違和感，娜絲琴卡還是假裝沒注意到，過了一下才開口說道。

「雖然在這裡可以學到很多，但是如果你為了想遇到自己家鄉的人而到處交際的話，很有可能會有危險。」

「謝謝妳，娜絲琴卡。」

克里斯露出溫和的微笑，娜絲琴卡也回了他一個笑臉。

回到房間的克里斯將自己窩在床鋪上，雖然他有聽到室友來來往往的聲音，但他卻絲毫不受影響。

克里斯在等待黑夜降臨。

吃完晚飯熄燈前，克里斯假裝自己頭痛而去了醫務室。他表示自己只要動一下就覺得頭很暈，所以醫護人員拿了藥給克里斯，並要他在旁邊的房間休息。克里斯躺在床上假裝睡著，等到換班時間聽到醫護人員出去的聲音後，他開始操作手機。

「安德蕾雅。」

過了一下，安德蕾雅的影像便出現了，雖然畫面不像在六月大洲時那麼清楚，但大致也看得清楚輪廓。

「嗨，克里斯，沒想到你今天晚上會找我。」

克里斯對安德蕾雅點頭示意後立刻切入主題，換班時間沒有很長，所以他們必須在短時間內交換資訊。

「我調查了在吸毒者宿舍發現的沃特·埃文斯，結果，發現游離·索伯烈夫他們可能是在就業中心裡挑選異能者。他們把吸毒者集中在一起，假裝幫他們治療，然後每隔三個月到半年再把那些人送到醫院。」

「嗯，我這裡也有一些沒有結訓，但是卻突然消失的學員……但我完全沒有把他們跟異能者聯想在一起。」

「妳的任務不是調查就業中心嗎？我是為了進入廢棄工廠區才潛入這裡的，所以我們看待事情的角度會不一樣。」

克里斯實話實說，他聽起來完全不是在安慰別人，坦率又直接的語氣讓安德蕾雅笑了出來。

「沒錯，但游離·索伯烈夫召集異能者是大家都知道的事情，因為黑手黨想要對抗極光。」

「那我們是不是應該要讓就業中心關門大吉？」

「這不是他親自營運的，而是透過他人名義進行的慈善事業，所以我們無法讓它們關門。我也是這次才知道，雖然它們隸屬不同企業，但它們的名字、培訓課程和營運方式都是一樣的。就算揭穿一家就業中心讓它關門，其他中心的表面營運者和背後的贊助企業也都不一樣，想要一網打盡的話，就要從最上層開始打壓才行。」

安德蕾雅表示雖然很明顯可以得知是誰在背後贊助，但極光卻無從下手，克里斯則是對於游離．索伯烈夫的作為嘖嘖稱奇。

「那我們不就只能眼睜睜地看著他帶走異能者。」

「那也沒辦法，而且事實上就業中心對社會的貢獻很大，如果極光出面要求他們關門，可能會引起人們反彈。」

極光和隨時可以隱匿自己行蹤的黑手黨不一樣，總是有很多人在審視他們。

『還有八分鐘。』

看了一下時間的克里斯，向娜絲琴卡問了一個他一直埋在心裡的問題。

「……如果埃文斯真的是異能者，那妳不覺得有一件事很奇怪嗎？」

「什麼事？」

「身為異能者怎麼會對毒品上癮呢？」

不管是多強烈的毒品，對於異能者來說就只是一般的止痛藥而已，但他們卻還是染上毒品。那類的毒品都非常昂貴稀少，導致有許多異能者為了籌錢購買毒品而犯下罪行。

「因為那還是比尋找非法舒緩者便宜很多。」

雖然很悲傷，但是在異能者能力覺醒後，如果想要好好活下去就只能加入極光。

如果真的有適合異能者的藥物，那他們就不會像現在一樣這麼依賴舒緩者了。

「嗯。」

安德蕾雅降低了聲音，她一改平時輕鬆開朗的樣子，表現比較穩重。

「其實還是有些藥物對異能者是有效的。」

「真的嗎……？」

克里斯非常驚訝，安德蕾雅則小心翼翼地開口。

「天堂之吻、紳士之毒、享受安定……名字有好幾種，我們統稱舒緩藥，但那可以說是一個都市傳說。」

「舒緩藥？」

異能者和舒緩者如此密不可分就是因為沒有其他的替代品，但是現在竟然說有舒緩藥，這會讓整件事變得完全不一樣。

「既然有那種東西，為什麼聯盟還這麼依賴舒緩者？」

克里斯本身不太喜歡舒緩課程的感覺，所以他覺得有這種藥物是件好事。

「就跟你說那是都市傳說了，極光沒有見過那種藥物，而且舒緩藥對異能者來說有一個非常強烈的副作用。」

「副作用就是會上癮。」

「嗯，就像是吸毒的感覺一樣會上癮……也有很多人會誤以為那是舒緩課程的效果。如果我沒有親自來這裡的話，我也想不到那會跟舒緩藥有關係。」

安德蕾雅嘆了口氣自言自語表示這些其實也只是推測。

「但是如果沒有那個副作用，它的好處非常強大，難道沒有人研究它嗎？」

克里斯再度提問。

舒緩者受到極光嚴密保護，他們很少到外面的世界，也就是說出任務時身邊是不會有舒緩者的。因為舒緩者除了可以進行舒緩課程以外，其他方面跟一般人沒有兩樣。

但是異能者最需要舒緩課程的時機其實就是在出任務的時候，當使用超能力身體經歷高速的壓力時，他們非常需要可以暫時減緩痛苦的舒緩課程，所以這次盧卡才會冒著危險跟他們一起來到十一月大洲。

但如果真的有可以代替舒緩課程的藥物，那就很值得好好調查就業中心了。擁有所有大洲上最傑出精神系異能者的極光，幾年內應該可以研發出改良藥物。

「極光還沒有人親眼見過舒緩藥。」

安德蕾雅苦笑地說道。

「雖然我自己也覺得這不太可能，但我這邊也有幾名戒毒中的學員被隔離，剛好你那裡也有，所以我才想說跟你提一下。」

克里斯邊聽著娜絲琴卡說明，邊拼湊最近得到的線索。

「如果那個推測是真的，那就是游離．索伯烈夫壟斷了藥物配方。接著利用黑市散播藥物，讓那些沒身分的異能者上癮……」

然後再用就業中心可以幫他們戒毒的名目去誘騙他們，網羅他們成為自己的人。

雖然線索還不夠完善，但是已經有了一個大概的方向。

克里斯完全沒想到自己在車上聽到就業中心會幫忙戒毒時感到的疑惑是這樣被解開的，他覺得不太開心。

可能是因為他在就業中心的所見所聞，讓他不自覺地對著罪大惡極的黑手黨有了一絲絲好感。不對，應該是說這個可以幫助這麼多人的地方，如果不是在層層算計下建造出來的，而是真的為了讓人有更安穩的生活才創辦的該有多好。

他想到了在自己假裝遊民時，向自己推薦就業中心的那名中年女子。克里斯一想到對某些人來說是最後一線希望的就業中心竟然只是游離．索伯烈夫拿來利用他人的工具就覺得心情非常低落。

「還有一件很可疑的事。」

安德蕾雅遲疑了一下，她的眼神看起來有點猶豫。

「還是算了，現在就講這個有點誇張。」

克里斯沒有追問安德蕾雅，他覺得他們現在對話聽起來有點危險。

「我們先掌握中心送往醫院的人員名單、還有加入中心和結訓學員的名單然後比對看看，這樣應該可以知道有多少異能者陷入游離·索伯烈夫的魔掌中。」

克里斯慢慢地點了點頭。

雖然議論十一月大洲游離·索伯烈夫凶殘行為的人很多，但親自進入到這環境，感受到的卻又不太一樣。

「換班時間要結束了，我要先關機，查到結果我再傳……」

就在克里斯這麼說的時候，影像閃了一下紅光。

在安德蕾雅臉上跳出紅框白字，寫著令人意想不到的速報。

〈吉利恩、阿帕爾納失蹤〉

04 Chapter four

丹尼爾

Self-Destructive love

就業中心收到了一封給「克里斯」的信，是克里斯的叔叔寄來的，內容說他的爸爸病危，要克里斯回去陪在爸爸身邊。

是陽特在呼叫克里斯。

克里斯在表情凝重的娜絲琴卡和其他幾個熟識學員的道別下離開了就業中心，這時的克里斯不需要假裝，他的臉色已經非常難看了。

克里斯知道來十一月大洲出任務是一件非常危險的事情，這裡是極光想要紮根卻失敗的黑手黨地盤，過來這裡本身就是一件豁出性命的事。

但是知道這件事很危險跟危險實際發生在自己眼前，卻又是截然不同的感覺。

克里斯可以感受到血管末端的跳動，彷彿全身的血液都在沸騰。

克里斯感覺到一股無形的恐懼跟著自己，但是他蔚藍色的眼睛看起來不像隻膽怯的兔子，似乎比較像一隻眼神堅定的狼。

克里斯換了好幾趟電車，還故意走了一站再搭了反方向的電車，就是為了要確認有沒有人在跟蹤自己。他在尚未進行獸人化時也可以先借用一些野獸的感官，所以克里斯的感官範圍比一般人還要靈敏。

會面的地點不是在極光十一月大洲的分部，而是在金城最繁華的一區。越是這種危險時期，約在人多的地方反而更安全。就算被跟縱也很容易甩開對方，而人聲鼎沸的地方也比較容易蓋過他們談話的內容。

進入某一區招聘中心的克里斯跟其他人一樣認真地看著牆上的壁報，這時有一名戴著貝雷帽的中年女子靠了過來。女人滿臉疲憊和沮喪地站在克里斯的對面看著壁報，她看起來就像是一名找工作的平凡人。

「黑貂叼走了玫瑰果實。」

——游離·索伯烈夫綁架了吉利恩和阿帕爾納。

克里斯馬上聽出對方話中的含意，蔚藍色眼中閃著異樣的光芒。

玫瑰是異能者聯盟轉型為極光前，異能者聯盟三個創始人之一的綽號，將成員比喻成果實是隱喻他們是玫瑰所打造出的人物。

吉利恩和阿帕爾納失蹤這件事只有老鴞隊的人知道，那她一定就是具有變身能力的異能者杰伊，而他是為了驗證克里斯的身分才說那句話。

「老鷹的老大呢？」

克里斯簡短地詢問陽特的下落，杰伊這樣回答。

「他去追黑貂了。」

看來他們決定繼續執行任務。

「春天即將到來，讓我們去追尋果實的種子。」

在他們用暗語傳達指令時，在對面壁報上找工作的人似乎沒找到自己滿意的工作，他喃喃自語地朝這裡過來。

克里斯邊嘆氣邊開口說道。

「這裡……沒有工廠在徵人嗎？」

──原本要進入廢棄工廠區的任務要繼續嗎？

杰伊嘖了一聲回答。

「金城的工廠都倒閉了，年輕人，如果你要找工作的話就不要再看工廠了，去找找別的工作比較好。聽說廠長們都自顧不暇一直在壓榨工人，景氣真的太不好了。」

──先放著，暫時交給安德蕾雅處理。

老鴇隊隊長陽特的指令被轉換成平凡的對話，在壁報前東張西望的工作人員沒有對杰伊和克里斯的對話起疑，他搔了搔頭走到另一邊去了。

杰伊走到克里斯旁邊打開一張廣告假裝看了一下又放回原處。

故意轉開視線的克里斯，在杰伊離開後才拿起他剛剛放回去的廣告單。克里斯假裝在找工作，然後他發現了杰伊非常巧妙留下的線索。

舒緩課程代幣。

隊長陽特本來是不該離開職位的，所以他要轉交可以讓異能者們見到舒緩者的信物。

如果只是下達指示，其實用手機傳達就好了，轉交代幣就是他們必須見面的原因。原則上接受舒緩課程的權限是不能用網路傳送的，如果沒有上司准許的話，想要見到舒緩者就必須要有代幣。

極光一直在用這種複雜又繁瑣的方式保護舒緩者。

有些異能者認為在緊急情況下應該可以開先例，但是極光一直沒有同意那個提議。最後異能者也只能放棄，畢竟離開極光的話那些異能者也活不下去。

極光非常堅持他們保護舒緩者的制度，所以覺醒成舒緩者的人大多都會自行找上極光。舒緩課程的供給量趨於穩定的話，對極光內的異能者來說也是有好處的。

極光不會因為任何人改變舒緩者保護機制，這個政策連帶地讓所有事情更加順利。

『雖然我不想要接受舒緩課程……』

克里斯還是想要逃避，但他不久後可能就會需要舒緩課程。

『如果會因此沒命，那我還是忍受一下那種不舒服的感覺吧。』

克里斯將代幣收了起來。

克里斯用假名借了雪地摩托車，並在內建的導航上裝上干擾器後才打開他的手機，影像顯示出吉利恩和阿帕爾納最後現身的地區在十一月大洲的北邊，那裡的雪不會融化，是一塊擁有永久凍土層的地區。

儘管寒風刺骨，但克里斯絲毫不受影響，說不定他在失憶前就是住在冬季大洲。

到達目的地的克里斯從雪地摩托車下來，這裡是一幢倒了一半的廢棄民宅。半倒塌的民宅上覆蓋著厚厚的積雪，看起來已經荒廢多時。

克里斯本來以為這附近會充滿著各種腳印，但是被雪覆蓋的土地上沒有留下任何痕跡，顯得非常寂靜。

是又下了一場大雪了嗎？還是……

「十一月大洲上永久凍土區的天氣。」

〈沒有任何觀測紀錄。〉

手機傳回的答案讓克里斯有點吃驚。

基本設施和人口都聚集在市中心，所以也沒有人觀測過這塊被拋棄地區的天氣。就算曾經有過什麼資料，可能也被認為不需要特別去分析調查。

走動的克里斯突然聽到一些不同的聲音，他彎下身子用手摸了一下剛才踩過的地面。

跟周圍的積雪比起來，這一塊的積雪非常薄，似乎是原本在這裡的積雪被融解，清除一些痕跡之後又下了一場雪。

克里斯試著挖掘這片比較薄的積雪，腳印那些痕跡應該都跟之前的雪一起融化了，所以沒有什麼收穫。

目前可以確定吉利恩和阿帕爾納失蹤後，這附近又下過一場雪。如果有這塊區域有氣象報告的話，就可以準確地知道是什麼時候發生的事情，但可惜的是事情總是不如所願。

舊時代的人工衛星應該有自動觀測氣象並記錄的功能，但是僅僅是為了營救兩名B級異能者，是不可能調動高級的精神系異能者去進行駭客作業的。

雖然說使用舊時代所留下的文明可以讓現代人不用從零開始，但極光目前還沒有掌握到所有舊時代遺產。

『只好這樣了。』

克里斯脫掉衣服，冰冷的寒風吹進他的胸膛，但他絲毫不在乎，而是用背帶將手機和衣服綁在肩上。如果不這樣做的話，等下變身野狼時，衣服不但會被撐破，還會因為壓迫感而感到痛苦。

準備好的克里斯蹲下身子伸出前腳，不知不覺整個身體都長滿了毛髮，嘴巴也漸漸突出。克里斯獸人化後變得更加敏銳，開始搜尋遺留的蹤跡。

這裡混合了七個人，不、是八個人的氣味，他非常確定其中兩個人就是吉利恩和阿帕爾納。

另外克里斯竟然還聞到武器的味道，就算被一層厚厚的雪覆蓋住，克里斯還是非常確信有武器。雖然沒有看到槍彈殘留物，但是野獸的直覺總是會告訴牠們很多訊息。

克里斯用前腳開始挖掘聞到味道的地方。

『是彈殼。』

克里斯用前腳輕輕撥了一下，沒有看到序號。目前槍枝受到嚴格管制，通常是極光的異能者才可以使用槍枝。異能者使用的子彈彈殼上都有序號，只要找到彈殼馬上就可以知道是誰開的槍。

但是這個彈殼卻找不到序號，表示這是自制的子彈或是舊時代的物品。

克里斯的收穫就只有這個彈殼，除了這個小小的彈殼，其他蹤跡都被清理得一乾二淨。就連老天爺都在幫助他們，還下了一場大雪覆蓋住蹤跡。

尋找著氣味的野狼繞過廢棄民宅走到屋子後面，對方應該也是搭乘某種交通工具來的，但是卻找不到任何輪胎的印子，只有隱約聞到使用舊式汽油的引擎味。

克里斯把彈殼放到雪地摩托車後跑向發出引擎味的區域，刮風或是下雪等氣候變化可能會讓遺留下的蹤跡變得更模糊，克里斯必須要加快腳步。

一頭白色野狼像是閃電般地穿梭在永久凍土區，這片土地上沒有其他活著的生命體，而且他整身白毛在雪地中也不會引起任何注意。野狼的四肢一碰觸雪地就馬上再向前邁出，可以感受到他四肢的力量。

儘管寒風刺骨，但克里斯全身被濃密的毛髮覆蓋，所以他似乎覺得自己比搭乘雪地摩托車的時候還要舒適。

克里斯停在凍土地區盡頭的山丘上。

另一邊是大海。

克里斯剛才還在想說變淡的引擎味中怎麼會涵蓋著一股鹹溼的海風味，沒想到一躍過這座白色山丘，另一邊竟然是一個非常古老的港口。

『這裡竟然有這種地方？』

混凝土建築物上雨水乾掉的痕跡、被海風侵蝕而生鏽的柱子、破舊繩索上綑上新的繩索……還有物品拖過的痕跡。

從它的規模和位置看來，克里斯認為這裡很有可能是黑手黨為了躲避極光監視而用來走私貨物的地方。如果要說可疑之處，就是這些設施看起來都是非常久遠以前的東西，但極光卻從來不知道這個地方。

之前聽說極光讓精神系異能者破解舊時代衛星，檢查過冬季大洲上所有有問題的大型設施……那這裡怎麼還會有這麼大型的港口呢？

是因為看起來像是廢棄港口，所以才躲過極光的監視嗎？克里斯完全猜測不到原因。

吉利恩和阿帕爾納的味道也消失在港口這邊，他們應該是從這裡被帶到別的地方了。

就算野狼的嗅覺再敏銳，也沒辦法追尋到經由水路被帶走的人。

來到這裡唯一的收穫就是克里斯追尋著老舊引擎味找到了他們帶走吉利恩和阿帕爾納的車輛。

這附近完全感受不到人類的氣息，變回人類穿好褲子的克里斯折返回去拿了裝在港口停車場外牆的破壞斧再走回來。

克里斯才敲了一下，車窗就出現明顯的裂痕，再敲第二下車窗就應聲碎裂，他手伸進去從裡面打開了卡車的門。

從駕駛座開始搜查的克里斯摸到副駕置物箱的時候突然停下動作，因為他感覺到一股濃烈的玫瑰香味，卻不知道是從哪裡發出來的。克里斯仔細地檢查置物箱內部，發現它的空間非常狹小，他搖晃了一下置物箱，從蓋子那邊傳來哐啷的聲音。

克里斯將上方被螺絲鎖住的東西拆下來，出現了一個祕密空間。

克里斯剛剛聞到的玫瑰香味是一個空的菸盒。雖然盒子是空的，但是殘留的香味卻非常濃烈。旁邊還有一個刻著藤蔓的銀色打火機，空空如也的打火機底部有個東西在閃爍著淡綠色的光芒。

這個打火機看起來不像是普通的打火機，克里斯打算把它帶回去調查其中成分。

克里斯拿出手機回報港口的位置和新發現的物品，陽特則是說自己會讓極光在十一月大洲的分部調查打火機，要克里斯先回金城。

克里斯本來想要發動卡車並開回廢棄民宅，但車子已經完全沒油了。應該是有人為了不要其他人開走車子，故意把油箱倒空。雖然車子看起來很老舊，但是連副駕置物箱都被改造，可以得知這輛卡車應該很常被使用。

克里斯在卡車內部裝了追蹤器，他沒想到自己只是以防萬一所以才帶來的東西竟然真的派上用場。

完成任務回到十一月大洲極光分部的克里斯看起來非常疲累，主要是因為他必須再度化身為野狼跑回雪地摩托車的關係。

儘管他大口大口喝著水，還是覺得自己喉嚨乾到快要燒起來了。克里斯覺得自己每一步都像是置身在乾枯的沙漠而不是冰冷的冬季大洲，通常需要舒緩課程的異能者處境都會像強行被抓到陸地上的魚一樣。

極光分部入口有身分尊貴的異能者在守著，雖然守門者的等級不是非常高，但是他可以消除不小心闖入這裡的老百姓記憶後，再送他們離開，也可以勝任守門的角色來確認每位異能者的「資格」。

他很快就發現克里斯的狀況不穩定。

「我是……老鴞隊的克里斯，我想要申請和諮商師會面。」

這是要接受舒緩課程的意思，雖然他已經確認了克里斯的身分，但是他還是不為所動地說道。

「請出示你的代幣。」

克里斯雖然知道對方只是遵照規定行事，但是還是忍不住火冒三丈。這已經不是情緒爆發，而是人的本能，這根本就像是從一個餓了十天的小孩手上搶走麵包一樣。就連自己這種不喜歡舒緩課程的異能者都有這種感覺，那其他異能者在遇到這種事情的時候該有多崩潰。

克里斯從身上翻出代幣，因為代幣是放在內袋裡，克里斯的雙手不停顫抖，導致它差點掉回口袋又差點掉在地上。

克里斯快速地抓住代幣交給守門的異能者，對方不發一語地起身通知其他同事後，才開始帶路。

他們好像在同一條走廊上走了三趟，等到過了那塊會讓人眼花撩亂的區域後，他們才走到進行舒緩課程的房間。帶路的人把克里斯帶來的代幣放到感應器上感應後，按了密碼門才被打開。

克里斯搖搖晃晃地走進去。

因為克里斯現在神經緊繃，如果扶著他反而會刺激他快失控的感官神經。帶路者也是異能者，所以他非常了解這種處境，他沒有攙扶克里斯，反而是快速地退出舒緩課程的房間。

「克里斯。」

盧卡在克里斯一抵達這裡就接到通知，他應該是因為太過著急，所以穿著家居服就匆匆忙忙趕過來。平常盧卡會先笑著跟克里斯打招呼，但是他看到克里斯狼狽的樣子馬上就抓住克里斯的手開始進行舒緩課程。

從內心湧上來的不適感讓克里斯不自覺地張大嘴並低著頭跪在地上，舒緩課程帶來的不適感比平常強烈好幾倍。

雖然大家都說那種感覺像是天降甘霖，但克里斯只是覺得非常痛苦。隨之而來的彷彿是用手指頭挖開傷口的痛楚，舒緩課程讓克里斯的身體開始扭曲。

克里斯光是強迫自己壓抑抗拒舒緩課程的反應，就覺得自己的精力耗盡。

「舒緩課程……」

盧卡喃喃自語地說，他感覺到舒緩課程的能量一直在外洩，克里斯連四分之一都接收不了。

這就好像用大碗公對著瓶口很小的瓶子倒水一樣，盧卡之前也覺得克里斯沒辦法好好接收舒緩課程，所以有想過要不要用更親密的方式來進行，但今天的情況更是不理想。

就算是適合度很差的異能者也不可能會這麼誇張，雖然盧卡的等級很低，但是他的自我掌控能力不錯，所以他的精力消耗的速度也比較慢。

『難道說就算進行再有效率的舒緩課程，還是沒有辦法打破等級差異的限制嗎？』

「克里斯，再這樣下去你是沒有辦法穩定下來的，你把另一隻手也給我。」

盧卡邊說話邊伸出手，但克里斯卻反射性地把盧卡的手打掉。盧卡的手微微泛紅，但是他沒有理會克里斯，而是將自己的手放在克里斯的手背上。

「對不起，那個，呃……」

克里斯氣喘吁吁，無限循環的疲勞和痛苦讓他跌坐在地上。克里斯剛抵達這裡的時候，情況還沒有這麼嚴重，是接受舒緩課程的瞬間，身體突然急速癱軟，就好像吸了水的棉花一樣。

低著頭的克里斯脖子上全都是冷汗，背部的起伏可以感覺到他努力地在深呼吸以穩定自己的情緒。

『如果真的有舒緩藥會比舒緩者的舒緩課程好一點嗎？』

克里斯的腦海中突然浮起了這個疑問，但他不是真的想要使用黑手黨的藥物。

他只是在想如果可以脫離這種痛苦，那好像也可以理解為什麼其他異能者會對藥物上癮了。

「好了……」

克里斯在忍受一陣子的痛苦之後，盧卡感覺到克里斯失控的能量漸漸穩定下來，他安撫完那股能量後移開自己的手，突然感覺到有點暈眩。

他在總部的時候從來沒有這樣過。

在盧卡往後倒下的瞬間，克里斯發現盧卡的異狀一把將他拉住，克里斯用手臂撐著昏厥的盧卡，他才漸漸張開眼睛。

克里斯拉住的是盧卡的衣服，所以不會引起舒緩課程。

克里斯冷靜的態度讓盧卡覺得很新奇，如果是其他異能者應該會假裝要幫忙，然後緊緊抱著盧卡黏著他，但克里斯只是盡可能在最少接觸的狀態下扶住盧卡後就放手了。

看著克里斯老實地退後，盧卡突然覺得心癢癢的。在總部的時候，克里斯也是因為這種態度而引起自己的注意

「你怎麼因為超能力而把自己搞成這樣？」

盧卡恢復意識後，開口責怪克里斯。雖然他會和其他異能者保持距離，但是面對克里斯卻可以自然地說出這些話。

克里斯沉默了一下，低頭鞠躬說道。

「對不起，我第一次出長期任務，也是第一次使用超能力，還無法好好掌控它的極

限。」

克里斯隱瞞了自己在抵達這裡之前其實還撐得住這件事。如果極光知道有異能者會在接受舒緩課程的瞬間身體狀態突然惡化，那還有誰會重用這名異能者呢？

克里斯想要坐上比陽特還要高階的位置，像是可以進入極光資訊網的幹部位置。

在極光覺醒的那天是克里斯重生的日子，過去成為一片空白的克里斯雖然看起來沒有恢復記憶的跡象，但是他的欲望還是不斷湧現。

「我好不容易讓你恢復穩定，你暫時不要太勉強自己。」

「好，我知道了。」

就算盧卡的舒緩能量接近枯竭，但他的狀態還是不錯。盧卡有時候會覺得如果自己舒緩者等級再高一點的話，會不會比較適合克里斯，想到這方面他就覺得有點傷心。

在成為舒緩者以後，盧卡的價值就是進行舒緩課程。在可怕的冬季大洲上，只有極光能保護自己，不讓自己被黑手黨抓走。在這麼堅固的堡壘裡，極光對舒緩者的要求就是做好舒緩課程，但是盧卡面對克里斯時卻沒辦法好好發揮，讓他感到有點焦躁。

盧卡對於來到十一月大洲出任務這件事，一方面感到擔憂，另一方面卻又覺得安心，這表示他在極光中還是重要的人物。雖然要對面數名等級較高的異能者讓他身體非常疲累，但是他在進行舒緩課程時不太會出現副作用，所以盧卡的抱怨看起來也只像是在鬧脾氣而已。

無法及時接受舒緩課程的異能者就會像眼前的克里斯一樣，因為能量不平衡而失控，最後難逃一死。跟他們比起來，盧卡覺得自己只是身體上的疲倦，根本就不算什麼。

「你看起來很疲倦。」

克里斯的話讓盧卡停頓了一下才回答

「等級不同的時候，舒緩課程本來就會變得比較困難。」

其實克里斯的舒緩課程比面對身為隊長的A級異能者陽特還來得累人。克里斯的等級比陽特還低，所以這種情況不是很常見。但盧卡沒有感到意外，他認為是克里斯今天的狀況比較不好，所以舒緩課程的需求才會比較高。

「老鴰隊中有五個人的等級都比你高……你這樣不會太勉強自己嗎？」

「你也知道，舒緩者人數比異能者少很多，而且因為黑手黨的關係，在冬季大洲上要保護舒緩者變得很困難。」

盧卡聳聳肩說。

「反正我除了進行舒緩課程後產生的短暫疲勞感之外不會帶來什麼副作用，但是其他使用超能力的異能者則是有可能痛苦到失控。我現在只要休息一下就好了。」

身為舒緩者的盧卡在幫異能者說話，這時候的盧卡顯得非常真誠。

克里斯覺得有點不自在，好像有砂石跑進自己的鞋子裡一樣。越是回想盧卡這句話，越是覺得心裡不舒服，克里斯不發一語地鞠了個躬。

「我先走了。」

「舒緩課程還不夠完善，你就要走了嗎？」

盧卡心裡有點在意，忍不住詢問克里斯。

克里斯眼睛瞇成一條線，舒緩課程的能量是無法用肉眼觀察到的。但是克里斯看到盧卡變得蒼白的臉色，卻馬上可以知道盧卡已經達到極限了。

「沒關係。」

雖然他說得很婉轉，但是語氣卻很堅定。

盧卡也只能讓步了，他眼神沉穩地看著克里斯，沒有再堅持下去。

盧卡也知道老鴇隊的兩名隊員失蹤了，想到其他異能者的性命受到威脅，但自己卻只是一名無能的舒緩者，他就覺得無比悲痛。

不了解盧卡內心想法的克里斯面無表情地離開了房間。他將搜查結果傳給陽特，並申請要檢驗彈殼。

「克里斯，你的資料要記得拿走。」

「這麼快就準備好了。」

在離開公司前，一名職員交給他一份住院證明。內容是克里斯的假爸爸生病住院需要有人在旁照料的證明。他明天要去就業中心申請退宿舍，還要報告自己暫時沒有辦法再參加任何一堂培訓課。

只要沒有退出就業中心，學員是可以自由進出的，如果有特殊情況，他們也可以讓學員自己調整行程。

如果沒有認真上課因而考試沒有考過的話，是拿不到結業證書的。但克里斯的目的本來就不是學習技術，而是調查內部資訊，所以沒有結業證書也無妨。

搭著電車回到八區的克里斯打開公寓大門時，突然掉下一張很大的紙張，讓他嚇了一跳。

「媽啊！」

在克里斯進入就業中心前，因為自己的公寓會空一段時間，所以他在門上夾了一小張紙條。這是為了用來確認自己不在家的時候有沒有人偷偷闖入而設下的小陷阱。

但是在他還來不及確認紙條有沒有掉到地上時，另一張大張廣告單就落了下來，先擋住他的視線後再掉到地板上。

退後一步的克里斯看了一下隔壁，他的門縫也夾著一張廣告單，上面雜亂的字體在宣傳一間新開張的裝修公司。

『嚇了我一跳。』

看來克里斯也因為兩名隊員失蹤而變得比較敏感

克里斯彎下腰確認了自己夾的小紙條有在廣告單下面，便把兩張紙一起丟進了垃圾桶。

為了以防萬一他還是仔細檢查了家裡，但沒有發現任何侵入的蹤跡。

克里斯走進浴室想要洗去身上的疲憊，可惜現在不是他用熱水的時間，所以他只能開冷水。雖然他有點懷念就業中心宿舍的淋浴設備，但他的頭腦也立刻被冷水給沖醒了。

克里斯邊用毛巾擦頭髮邊走出來，並統整了自己知道的訊息。

〈廢棄工廠區〉

——用電子鐵絲網包圍

——有兩個入口，由異能者輪流看守

——就業中心的車輛會定期進入

——黑手黨的異能者培訓營？或是藥物實驗室

〈就業中心〉

——宿舍內有專門管理吸毒者的區域

——內部有利用藥物抑制副作用的異能者

——猜測他們會將異能者送去廢棄工廠區——〉

——舒緩藥？

克里斯在舒緩藥幾個字上畫了一個大圈圈，因為還不確定是否真的有這種藥物所以克里斯有點煩惱，但他的本能告訴他這是真的。

不過沒有實質的證據，所以也不能跟上級報告。克里斯打算仔細調查後，確定有這種藥物再跟陽特報告。

〈北部的廢棄港口〉

——進出口管道？

——應該是用來走私的港口，但卻沒有人看守，為什麼？

——阿帕爾納和吉利恩的蹤跡在此消失

克里斯怎麼想都覺得被綁架的阿帕爾納和吉利恩是在港口這裡被帶走的，而且應該是搭船或是潛水艇離開的。

陽特沒有特別傳達別的訊息，表示他們應該不是為了威脅極光才抓走異能者，也就是說阿帕爾納和吉利恩很有可能是看到什麼不該看的東西才被抓走的。

『黑手黨到底在十一月大洲北部做些什麼？』

克里斯把筆放下後，十指交錯陷入沉思。

如果理性地思考，那兩個人應該已經死了。陽特緊急地把克里斯從就業中心找出來去追蹤他們的足跡，就是因為陽特很急迫地想要儘快找到他們兩個。

他們被綁架已經超過二十四小時了，也就是說已經過了黃金時間。他們不是小孩子而是成人異能者，還是在極光受專業訓練的精銳異能者，就算是掌控十一月大洲的黑手黨似乎也很難確保他們的性命。黑手黨應該不是為了拘留這兩名不合作的異能者才把他們帶走，除非是非常高級的異能者，不然他們是很難控制自己的。如果他們故意讓自己失控，那關押他們的地方也會因此毀滅。

但是克里斯在現場並沒有聞到血腥味，只發現一個對方沒有清理掉的彈殼。

『為什麼要留著阿帕爾納和吉利恩的活口帶到港口呢？為什麼要冒著危險帶著他們行動呢？』

克里斯用文字整理了目前的情況後，一直在想這個問題。

想不出所以然的克里斯站了起來，拿著大衣走出家門。

「咦，你回來了嗎？」

是住隔壁的瘦小男子，他應該是剛回來，手上提著一個油油的紙袋，肩上還揹了一個看起來很重的包包。

「對。」

「好幾天沒看到你了，發生什麼事了嗎？」

克里斯很不喜歡別人關心自己的生活，他現在要盡可能安靜低調地進行任務，鄰居的好奇心和任何社交活動對他來說都是一種負擔。

克里斯沒有漠視他，而是默默地開口說道。

「因為突然有人拜託我幫忙值班，我沒辦法拒絕。」

克里斯皺著眉頭一副很為難的樣子，加上低沉的語調看起來非常真摯，讓人覺得他說的是真的。

「哈，原來你也是新人，跟我一樣有做不完的事。」

可能是感到同病相憐，瘦小男子壓低聲音咒罵了幾句，然後親切地對著克里斯微笑。

「下次有時間一起喝一杯吧，歡迎你搬來這個亂七八糟的社區，也順便一起罵一下老闆。」

克里斯溫溫地笑著點了點頭。

「我來安排一下時間。」

但是不可能會有那一天的。

鄰居歪頭看了一下廣告單，然後打開門走了進去，克里斯也往公寓外面走。

克里斯知道與其鄭重地拒絕對方隨口的提議，不如委婉地拖延對方的提議比較好，所以他才會這樣應對。

克里斯的社交能力大概就只到這種程度，他很少對別人的事情感到興趣，執行任務時和隊員相處得非常和睦，所以他從來不覺得自己有什麼社交問題。

他不覺得自己失去記憶會造成情感缺失，也不覺得沒有過去的記憶會影響自己建立新的人際關係，所以克里斯認為自己的個性本來就是這樣。

只是……

陷入自己思緒的克里斯不知不覺走到書店前面。

他在木蓮書店的招牌下隔著透明的玻璃看到了游離。

當游離的身影映入眼簾，克里斯突然感覺到自己胸口舒坦不少。

克里斯毫不猶豫地打開木蓮書店的門走進去，正在看東西的游離聽到鈴鐺聲，朝門口望去看到了克里斯。

游離微微點了點頭，然後繼續看書。

克里斯一點都不覺得這個忽視自己的男人很冷漠，木蓮書店的氛圍感染著克里斯。這裡有沉甸甸的書籍和老舊的紙張味、還有游離在黑膠唱片機上播放的輕柔旋律以及翻書的聲音。

另外還有，

比夜晚還冰冷的冬天香味。

「…………」

克里斯突然感到一陣輕微頭痛，他好像看到游離獨自站在一片白茫茫的世界上，鮮血像一朵花般綻放在游離蒼白的臉孔上。那裡就像克里斯今天去過的北方地區一樣，覆蓋著整片白雪的土地上充滿了游離的足跡。

游離好像就是在雪地上等待無法逃跑的自己，克里斯抬頭看著跟自己對視的紫羅蘭色眼珠……

『我竟然出現幻覺。』

克里斯揉著刺痛的太陽穴，想要甩掉眼前一閃而過的幻影。雖然克里斯失去過去的記憶，但如果他之前和游離真的有交集，游離應該會先認出他。

克里斯認為自己對游離來說是陌生人，但是當克里斯和游離待在同一個空間時，他潛意識裡會產生一些揮之不去的幻影，讓克里斯覺得很困擾。

『如果問他我們以前是不是認識……應該只會變得很尷尬。』

克里斯只是想過來這個有游離的地方。

他再次領悟到自己很喜歡游離這件事。

從他失去記憶以來就很遲鈍的情緒現在有很明顯的波動，他的本能取代理性感受到自己的真心，所以才將自己帶到木蓮書店。

「你可以再推薦我幾本書嗎？」

聽到克里斯的話，游離把頭抬了起來，但是游離卻沒有問克里斯之前買的書看完了沒。

游離像是一直在等克里斯來找書似的，從抽屜拿出一本書放在櫃檯上。

克里斯忍住自己急迫的心情走向游離並拿過那本書看了一下書名。

《A Farewell to Arms 戰地春夢》

書名的意思是……永別了，武器？

「這本書很有名，但不知道你喜不喜歡。」

「我看過的書不多，所以也不知道自己喜歡什麼。」

聽到這句話的游離盯著克里斯看了一下，然後拿了另一本書給克里斯。

《Northanger Abbey 諾桑覺寺》

「海明威的文字比較枯燥乏味，珍．奧斯汀寫的《Northanger Abbey 諾桑覺寺》在描寫人物情感方面比較細膩流暢，細細品嘗的話會覺得很有趣。雖然這兩位作家都是在描寫人性，但故事結局卻大不相同。」

克里斯毫不猶豫地拿起游離介紹的這兩本書。

「那這本《Northanger Abbey 諾桑覺寺》也一起給我。」

游離把《Northanger Abbey 諾桑覺寺》一起包起來然後自言自語說道。

「還真有趣。」

這只是很小聲的自言自語，但是卻讓克里斯豎起耳朵，甚至連脖子上的汗毛都站了起來，因為克里斯不想錯過那低沉的聲音。

「什麼？」

反射性回頭詢問的克里斯剛好對上游離的視線，隔著一副眼鏡，游離那雙像紫羅蘭一樣漂亮的紫色眼睛正盯著克里斯看。

對於周遭事物都很冷漠的游離來說，這時眼神顯得很執著。

「我很好奇你到底是做什麼的，為什麼會買下我推薦你的每一本古書。」

克里斯的手微微抖了一下，這和他剛才遇到鄰居問他問題時的感覺完全不一樣，克里斯的腳趾頭微微蜷縮，背脊也變得僵硬。其實克里斯只要回答自己來到十一月大洲前所背過的簡介就好，但是他現在卻很緊張。

「你看起來好像沒有在看書……你的興趣是收集古書嗎？」

游離應該是想到克里斯第一天大手筆花了三千克萊蒂幣買書的財力，所以才這樣問。

克里斯總不能說自己是迷上了游離才花大錢買書的，他只好在慌亂之中點了點頭。

「對。」

克里斯想到這麼簡短的回答可能會引起游離的懷疑，所以又開口說了幾句話。

「我來到這裡心情就會變得很平靜，只要把書放在家裡，我就會感受到這裡的氛圍，所以就忍不住一直買書。」

游離的眼神中突然大放異彩，但瞬間就消失了。那個眼神有點微妙，很難用言語來形容。

「看來也有別人跟我一樣買書收藏。」

因為克里斯被問到職業顯得有點慌亂，所以他默默問了別的問題來轉移話題。克里斯露出在極光中學過的那種善良微笑，游離看著他回答道。

「也是有人買書回去只是為了收藏，然後再用手機閱讀書中內容。」

游離接著說：「不管怎樣對我來說都是好顧客。」然後意味深長地笑了。

克里斯看著游離的臉，感覺非常奇妙。游離可以將《Dracula 德古拉》這種書籍當成禮物送人，又在人煙稀少的金城八區開店，感覺他完全不在意收入。

克里斯也很好奇他經營木蓮書店的原因，是興趣？還是……

就算原因很特殊也沒關係，克里斯只是非常好奇關於游離的一切。

像是今天早上吃了什麼、書店幾點開門、走在路上會不會抬頭看看天空……還有，他是怎麼看待自己這位偶爾出現但有點煩人的金髮客人。

「這個給你。」

克里斯用手機結帳後，游離就把裝著書的袋子交給他。雖然克里斯不期待可以觸碰到游離的手指頭，但今天游離硬挺的白手套卻特別引人注目。

這樣聽起來有點奇怪，但克里斯很喜歡游離認真對待書籍的樣子。不僅如此，克里斯覺得只要是關於游離的任何事情，他都會喜歡。

其實克里斯上次去書店知道游離有在抽雪茄之後，他還特地去查了雪茄的種類和產地。因為異能者的神經非常敏感，就連抽菸對他們來說都很痛苦，更別說是抽雪茄了。克里斯幻想著環繞在游離身邊的香氣，他覺得猜測游離是抽哪種牌子的雪茄是一件非常有趣的事情。

雖然說這應該是職業病，但是被當事人知道的話，對方應該會覺得毛骨悚然。

克里斯垂下肩膀，伸出手去接過書。

「我會認真讀完的。」

只翻開過《Ilias 伊里亞德》的克里斯對於自己可以這麼厚臉皮感到非常震驚，因為他根本不是想看書才來這家書店的。

游離這麼認真地推薦書籍給別有用心的顧客，這讓克里斯對游離感到有點抱歉。

「你的臉色看起來不太好。」

克里斯想要接過袋子，但是游離卻拉著提手不放，並開口關心克里斯。

隔著眼鏡的紫色眼睛看起來有些執著。

克里斯的心臟撲通跳了一下，在接受舒緩課程後克里斯依舊沒有恢復到最佳狀態，克里斯一直以來能夠低調生活的原因就是他的個性本來就比較不會受到外在環境影響。

克里斯原本就是很沉默的人，所以完全沒有人發現他狀況不太好。他的鄰居是看他連續很多天沒有回家才發現異狀，但是鄰居近距離和克里斯對話時，卻沒有發現他的臉色很蒼白。

「喔，我這幾天工作比較忙，沒有時間好好休息，可能是太累了。」

克里斯隱藏著自己因為游離突如其來的關心而浮動的心情冷靜地回答他，游離看起來對任何事都漠不關心，沒想到他的觀察力這麼好。

「但是你卻沒有在家裡休息還跑來這裡。」

克里斯似乎還聽到游離小小聲說了一句「難道這是本能嗎」，但是克里斯沒有聽懂游離說這句話的意思，所以再次詢問游離。

「什麼？」

「沒有，你趕快回家休息。」

游離鬆開拿著袋子的手，克里斯有點可惜地盯著游離收回去的手，然後開口道別。

「那下次見。」

克里斯點頭致意後轉身走出去，為了不要讓自己看起來很急躁，他特意挺起胸膛邁開大步，但是卻在打開大門時顫抖了一下。

克里斯覺得好像有一陣微風吹過，但不是從室外而是從書店內吹來。有一股和煦的春意吹拂過自己的腰間，克里斯有點分不出來那是一陣風還是他的錯覺。彷彿有人搔他癢一樣，後頸起了雞皮疙瘩。

「克里斯？」

游離有點驚訝地叫住克里斯，克里斯不自覺緊緊抓住門把，過了非常久才慢慢回頭說道。

「沒、沒什麼，我只是有點暈眩，現在沒事了你不用擔心，那我先走了。」

克里斯快速地說完這些話，就急急忙忙地走出書店。克里斯有一種錯覺，他覺得游離好像會從櫃檯出來抓住自己。

但事實跟克里斯想得不一樣，游離並沒有離開自己的位置。離開書店的克里斯像逃跑似的快速地走了幾步以後，才開始放慢自己的腳步。

他不想離開書店太遠，那種感覺就像是爬上高山時口渴難挨，但只要一口甘露，就可以讓自己恢復體力一樣。

游離和書店又沒有給他什麼好處，但克里斯一直湧上心頭的幻想讓他自己覺得有點害怕。克里斯在極光覺醒以來一直非常沉穩的情緒，只要一看到游離就會引起陣陣波動。

克里斯對舒緩者完全沒有興趣，他反而有點討厭舒緩者，但是卻對一個普通人游離如此傾心，如此著迷……克里斯也想過是不是因為自己沒有過去記憶的關係。

『振作一點。』

克里斯對自己這樣說。

雖然克里斯只為了轉換心情才出門，結果卻花了一千克萊蒂幣，但他覺得心情很輕鬆。反正自己存下來的錢，如果是進到游離的手上幫自己買本新書，那他也覺得這是件滿不錯的事情。

『任務結束就趕快回六月大洲吧。』

克里斯輕快地走回公寓。

『回去之後就不要再回來十一月大洲，不要再來書店，也不要找游離。』

他把書放在上次收到的《Dracula 德古拉》旁邊，克里斯洗了個舒服的澡，然後躺上那張有點短的床鋪。

『但是在那之前……就跟游離糾纏到那時候吧。』

襲來的倦意打斷了克里斯的思緒，克里斯的呼吸變得安穩，胸口也開始規律地起伏。這是他從陽特那裡知道吉利恩和阿帕爾納失蹤後第一次睡這麼安穩。

在房間裡的某個黑暗角落中，閃著一道微弱的光芒。

接近午夜的時候，臥室的寂靜被打破。

克里斯覺得自己全身發熱，他在半夢半醒朦朧之間，小聲地說出自己已遺忘的欲望。

「啊呃……」

空氣中瀰漫著一股朦朧的餘香，克里斯的身體似乎對那股香味有些發情的反應。他不自覺的朝那股香氣伸出手，結果把堆在床鋪旁邊的那疊書打倒了。嘩啦啦的聲音讓克里斯清醒了一點，他意識到自己現在的狀態，

一股甜酥酥的感覺讓他下腹部緊縮，雖然克里斯不是第一次夢遺，卻是第一次在睡夢中因為全身火熱而清醒。雖然克里斯的能力是獸人化，但他應該也沒有發情期，那到底為

什麼會這樣呢？

「呃……」

感到困惑的克里斯蜷縮著身體拚命咬牙忍耐，但他眼前彷彿有一個酸酸甜甜的檸檬，讓他忍不住一直流口水。被褲子擋住的下半身已經是半勃起的狀態，把褲襠撐得鼓鼓的。

克里斯不自覺地用下半身摩擦床墊，他感覺到褲襠都溼了。他猜想應該是生殖器頂端流出來的液體，觸感滑滑的。

克里斯滿臉通紅地用手撐著地板，他抬起腰將褲頭拉下去的瞬間，堅挺的生殖器立刻露了出來。他用手摸索著握住它，生殖器還沒完全勃起但已經撐滿了整個手掌。

克里斯生硬地用手指套弄生殖器，卻絲毫無法獲得滿足，他下面還是覺得非常躁動。克里斯再加重力道，雖然手指很不熟練，但是他的呼吸卻變得更加粗重興奮。

克里斯的視線漸漸模糊。

「呃呃……」

克里斯摩擦龜頭，感覺一股黏液流出來，克里斯將那股液體塗在生殖器上面，然後快速套弄生殖器，漸漸地感覺到高潮。

在月光下，汗水順著他的腰間流下來。為了支撐身體，克里斯一隻手扶著床架，另外一隻手不斷摩擦著下半身。

克里斯也想不透為什麼自己全身的細胞都好像在發情一樣，但他就是非常渴望更強烈的刺激。克里斯好像想填滿身體某些缺失的部分，一種不知何來的欲望環繞著他。

「不夠，啊……不是，這……」

克里斯的頭靠在床單上磨蹭，並發出了痛苦的呻吟。

他似乎快發瘋了。

不然就是已經發瘋了。

無法宣洩的欲望讓克里斯不斷地感到高潮，它沒有要放過克里斯的意思。紅腫勃起的生殖器不斷流出液體，也沒有要結束的意思。

如果不是吃了發情藥，應該不會出現這種狀態，克里斯感覺到自己的眼淚都流出來了。太痛苦了，克里斯想要趕快逃離這種痛苦的感覺。

就算克里斯的手一面包覆著陰莖套弄，一面刺激睪丸也沒有任何改變。克里斯的身體裡彷彿有一團熊熊烈火，不管怎麼做都無法澆熄它。

為了短暫解渴而喝鹽水的人也是這種感覺嗎？

勉強站起身的克里斯搖搖晃晃地走向浴室，克里斯精神不濟地在黑暗中移動，大腿不小心撞到桌角，但克里斯卻絲毫不在意。他貼著冰涼的磁磚走進淋浴間，打開冷水並站在蓮蓬頭下方。

足以讓人完全清醒的冷水從克里斯頭上灌下來，但是他堅挺的下半身卻沒有要冷靜下來的意思。

克里斯咬著牙沒有讓自己發出呻吟聲，因為他知道廁所的隔音有多差。

水流順著他寬廣肩膀流下來，為了消滅身上的烈火，克里斯用冰水沖身體沖了很長一段時間才關掉水。

克里斯披上浴袍走回臥室，在微弱的燈光下看到了被自己弄得亂七八糟的床鋪。沾滿淫黏液體的床單被捲得亂七八糟，被當成墊腳石的那疊書全部散落在地上，正在拜讀的《Dracula 德古拉》和這次新買回來的兩本書也都掉到地上了。

彎下腰撿書的克里斯看到《Northanger Abbey 諾桑覺寺》掉到床底下，便伸手進床底想要撿書。

這時他的手指頭碰到一個突出來的東西，有著金屬的觸感但是又不像是螺絲釘。那個東西非常小，如果不是剛好碰到根本不會發現到它。

克里斯小心翼翼地把它拿出來一看，立刻瞪大雙眼。

這是……

『竊聽器……』

克里斯還正因為揮之不去的高潮感而感到痛苦，連房間的燈都還來不及打開就被嚇了一大跳。克里斯完全沒有發現有人闖進來的痕跡，這到底是什麼時候裝上去的呢？

克里斯把浴袍脫下來放在旁邊，趴在地上開始使用超能力。他的手背漸漸被毛髮覆蓋，鼻子也變得非常靈敏。

他聞到了許多種味道，但其中卻沒有「外人」的味道。就只有克里斯本人的味道，還有他從十一月大洲的北部地區帶回來的白雪味，以及書店買回來的書上所散發出的游離香味。

克里斯突然覺得頭有點暈，難道自己是因為聞到游離的香味才發情的嗎？那股香味濃郁到克里斯覺得自己的判斷力逐漸降低。

克里斯先確認了床鋪下沒有其他竊聽器，然後走出了臥室。

因為還是半夜，所以四周依然十分昏暗，但是對於一頭野狼來說，這絲毫不會有影響。

克里斯用四隻腳行動的時候可以看得比兩隻腳行動的時候還清楚，他在椅子下方發現另一個帶有黯淡光澤的竊聽器，他沒有把它拿下來，只是記住了竊聽器的位置後就繼續尋找。

浴室裡也有一個竊聽器，這次是在洗手台後方。竊聽器裝在圓形洗手台後方的縫隙中，那是一個非常隱密的位置，如果克里斯沒有化身為野狼，是不可能發現它的。

有人在監視克里斯。

嫌犯非常明顯，會在十一月大洲上監視極光成員的組織就只有黑手黨而已。

極光親自安排的住處是怎麼被對方發現的呢?克里斯突然很慶幸老鴰隊隊員的住處分散在金城各地，他將自己變回人類的樣子。

克里斯變回人類，穿上浴袍思考了一陣子之後決定一件事，他不要拆下竊聽器，而是要反過來利用竊聽器執行任務。

雖然不知道竊聽器是什麼時候裝上去的，但是對方應該還不知道克里斯已經發現竊聽器。如果可以反過來利用這點給予假消息，應該可以干擾到對手。

對方應該會被騙到，因為克里斯根本不知道自己被監視，還嗯嗯呃呃地在房間自慰了不是嗎？

克里斯羞愧了撥了一下頭髮，然後閉上眼睛躺在床墊乾淨的地方。

不僅僅是身體疲累，克里斯覺得自己整個人精疲力盡。

但是克里斯還是站起來了，因為竊聽器的關係，他必須要有計畫地行動，一定要振作起來。

☆☆☆

離開公寓後克里斯告訴陽特他的住處被裝了三個竊聽器的事情，也表示他們的位置可能已經洩漏出去了。陽特跟克里斯也抱持同樣的想法，認為要繼續保留竊聽器，並讓克里斯多加小心。

〈如果可以利用竊聽器反擊當然很好，但是你們的安全更重要，極光每一個人都是重要的人才，我們已經失去吉利恩和阿帕爾納，不能夠再失去你了。〉

看到陽特傳來這麼長一串訊息，克里斯覺得很溫暖。陽特想要保留竊聽器是因為擔心對方知道克里斯發現竊聽器，可能會採取極端的手段對付克里斯。克里斯則是覺得自己有能力保護自己才會提出這個建議。

雖然身為B級強化系的克里斯能力不足以殲滅敵人，但在危險時刻是可以保護自己逃離危機的。

陽特也很清楚這件事，但是陽特還是很擔憂自己的安危，這讓克里斯覺得非常安心，這比為了達成任務而要隊員犧牲生命的上司好多了。

回到就業中心前，克里斯收到安德蕾雅的訊息，內容克里斯有點吃驚。安德蕾雅查了她所潛入的就業中心裡移送到醫院的吸毒者名單，發現十五名吸毒者中有一個人消失得無影無蹤。

送往醫院戒毒的吸毒者，都有紀錄顯示他們在戒毒成功後是回到就業中心還是回歸日常生活，但是安德蕾雅說她怎麼找都找不到關於那個人的紀錄。

這和克里斯猜想的差不多，他不禁有些驚訝。

克里斯把手機關機後仔細藏好。

他像平常一樣進教室聽課，但是消息可能有默默傳開來，好幾個人來詢問克里斯他的父親情況如何，娜絲琴卡也是其中之一。

「你身上有酒精的味道。」

「因為我在醫院待了很久的關係。」

坐在教室角落的克里斯聽到娜絲琴卡在自己身邊坐下後說的話，笑得有點尷尬。克里斯為了顯示出自己在醫院待了一陣子，他回來就業中心前在身上噴了一些酒精，但是娜絲琴卡是第一個發現這件事的人，看來她的感官比一般人敏感。

「你父親還好嗎？」

「雖然度過危險期了，不過我可能不能再住宿舍了，雖然在就業中心的課程也很重要……但是這可能是我爸爸人生最後一段路。」

「對啊，你還是陪在爸爸身邊比較好。」

娜絲琴卡感同身受地點點頭，拍了拍克里斯的肩膀。

「這都是黑手黨害的。」

克里斯咬牙切齒地說道，他的表情沒辦法假裝地很厭惡，所以他是低著頭說的。

「什麼？難道你跟黑手黨有仇嗎？」

娜絲琴卡驚嚇地問道，克里斯則是搖了搖頭。

「我爸爸這陣子用的止痛藥裡含有麻藥成分，因為他是得過且過的人，所以從來沒想說要去醫院，只是在家附近的藥局買藥，結果那根本是黑手黨為了增加吸毒者而引進的藥物。那會讓人漸漸上癮，只要一停藥毒癮就會發作。醫生說他的內臟都已經潰爛了……」

克里斯低聲說道，並緊緊握住了拳頭。

「雖然我還是必須回來就業中心，但一想到這裡是黑手黨創辦的，我就覺得好憤怒。」

雖然克里斯在就業中心和很多人聊過天，但是像這樣可以分享心事的人只有娜絲琴卡一個人。她的社交性高交友也很廣闊，她可能也滿喜歡克里斯這個人的，所以都會跟克里斯分享自己知道的事情。

為了要配合父親昏倒的劇本，克里斯在娜絲琴卡面前認真地演了起來。

克里斯必須要用適當的演技去刺激娜絲琴卡，所以他放棄戲劇性的情節，覺得盡量用最少的台詞來表達似乎比較好。

如果是安德蕾雅應該會表現得更自然，克里斯為了扮演一個陷入悲傷和絕望而不發一語的兒子角色，顯得非常吃力。

「如果是毒品的話就不可能是游離・索伯烈夫。」

娜絲琴卡那股自信滿滿的語氣讓克里斯有點意外。

「難道黑手黨沒有買賣毒品嗎？我聽說十一月大洲上最大的組織就是游離・索伯烈夫的白夜了……」

「雖然只有相關人士才知道，但是其實游離・索伯烈夫很討厭毒品，所以十一月大洲上販賣毒品的人幾乎都活不久。我甚至還聽說，如果他的手下偷偷販賣毒品被抓到的話，會當場被處死，這些傳言應該都是真的。」

娜絲琴卡皺著眉頭說道。

「現在就業中心不是還特地開了一區讓他們戒毒嗎？」

「那個……」

克里斯一直覺得毒品是游離・索伯烈夫在販售的，所以自然而然認為幫忙戒毒就是打你一巴掌給個甜棗的行為。撇開偏見的話，就業中心的確在幫一般人戒毒。這是安德蕾雅親自確認過的事情，所以克里斯確定自己沒有被騙。

如果是為了做做樣子，那也做得太認真了，畢竟這應該也要花不少錢。

故意讓一般人染上毒癮再幫他們治療，這樣也太不符合成本了。

「只要游離發現有人在販毒，不管是男女老少都會馬上被抓走。進入就業中心的吸毒者，只要他們有意願戒毒，中心就一定會幫助他們成功回歸日常生活。如果戒毒途中突然反悔，他們就會把人綁起來，然後拿著之前簽過的但書在你面前搖晃，那些吸毒者根本受不了。

娜絲琴卡邊說邊搖頭，那種驚恐的樣子似乎帶有一點私人情緒。

「那麼害我爸爸染上毒癮的黑手黨……」

克里斯試探地問娜絲琴卡知不知道其他組織的名字，但娜絲琴卡只是聳聳肩說自己也猜不到是哪個組織。

「應該是之前被游離·索伯烈夫剷除掉的幫派剩餘成員吧？在氣勢凌人的黑手黨監視下，他們為了出一口氣，還有什麼不敢做的。」

「以前」的幫派，克里斯好像隱約知道這件事。

游離·索伯烈夫大約是在十年前才掌握十一月大洲的霸權，在那之前十一月大洲上非法事件層出不窮，可以說是一個三不管地帶。游離·索伯烈夫帶領的組織與S級異能者克里斯·丹尼爾所帶頭的組織鬥爭時，游離·索伯烈夫取得優勢，一併收攏了他們的殘餘勢力並漸漸壯大自己的聲勢。他建立了一些規定，若是違反那些規定，則會受到懲罰。

雖然這個方法直接又粗暴，但是也沒有比這個快速的辦法了。治安逐漸開始好轉，人們大白天出門時不需要再擔心受怕，冬季大洲的局勢也漸漸趨於穩定。

極光認為游離・索伯烈夫只是改變了組織的犯罪形式，實際上十一月大洲的犯罪行為並沒有減少，黑手黨只是用比較貼近當地生活的方式鞏固自己的勢力，才不會輕易被剷除。

克里斯的個性本來就不太會反駁上司，所以他沒有懷疑過這件事。

「但是……」

是因為這樣十一月大洲上的人才對游離・索伯烈夫讚譽有加嗎？

在路上遇到的中年女子主動向前途渺茫的流浪漢推薦游離・索伯烈夫贊助創建的就業中心。在就業中心裡遇到的娜絲琴卡對游離・索伯烈夫的評價雖然沒有到特別好，但是她告訴自己非常多在極光中從來沒聽過的事情。

如果游離・索伯烈夫真的這麼厭惡毒品，那舒緩藥又是誰在販售的呢？

有好幾件事是他在六月大洲上沒聽過的事，失去記憶後就像一張白紙的克里斯，都是無條件全盤接受外部的資訊。

但是來到十一月大洲後，他發現自己接收到的資訊會隨著轉達者的解讀而有所不同。來到這裡後，他從別人口中聽到的游離・索伯烈夫並不是十足的壞蛋，也不是像極光上司說的在販售毒品，反而在限制毒品流通。

雖然娜絲琴卡也只是一個不屬於白夜組織的外人，她所知道的大部分也都是傳聞，可能跟現實會有一些差距。

下課後克里斯混在人群中試探了大家對游離·索伯烈夫的看法，也許是因為這個就業中心是黑手黨贊助的地方，所以大家的評價都還不錯。

尤其是還有很多人在白夜這個組織出現以前，都曾經因為那些幫派而失去所有一切並陷入貧困。如果還可以打零工算是比較幸運，但大多數的人都為了躲避那些幫派而被追殺成殘廢或是死亡。

游離·索伯烈夫的出現擾亂了原有的幫派規則，游離·索伯烈夫讓克里斯·丹尼爾帶領組織，徹底推翻了十一月大洲的暗黑勢力。所有的箭靶都指向了游離·索伯烈夫，這時有一些殘餘勢力趁機逃走保住了性命。

『這個人真的好可怕。』

克里斯盡量不要讓自己看起來太吃驚，雖然十一月大洲的人都假裝沒事，但他們其實都很敬畏游離·索伯烈夫。

十一月大洲的排他性很強，因此不管極光再怎麼宣導黑手黨是危險組織，這裡的人民也不可能聽信異能者聯盟，因為聯盟在自己最困苦的時候一次也沒有幫助過自己。他們反而會追隨著趕走黑道幫派、管制毒品交易以及創建就業中心讓自己有全新機會的游離·索伯烈夫。

雖然短期看來不會有什麼問題，但長遠來看的話冬季大洲就會漸漸脫離其他大洲，極光應該也是為了避免游離・索伯烈夫一人得道，才會選擇孤立冬季大洲。

極光希望人民可以把矛頭指向游離・索伯烈夫，讓他們認為是因為游離・索伯烈夫的關係，十一月大洲才無法獲得更多好處。

但冬季大洲沒有因此對游離・索伯烈夫造成反感，反而是對袖手旁觀的極光產生不好的印象。就算是因為游離・索伯烈夫的關係才造成他們不能自由來去其他大洲，但他們認為最主要的原因還是不處理這一切的極光造成的。

以為會吃了自己的猛獸反而悄聲無息……所以當然就把怨恨投射到把自己封鎖起來的那些人。

極光的策略完全失敗，這等於是讓對方把危機轉化成機會，並變得更加團結。

就算是因為暗中觀察十一月大洲的黑手黨搶得先機，但極光的運氣也太差了，這也可以說是游離・索伯烈夫厲害的地方。

極光認為游離・索伯烈夫是運氣好拉攏了異能者克里斯・丹尼爾才能夠掌控十一月大洲，但是只靠一個人的能力是不可能做到這種程度的。

克里斯的心情有點奇妙，極光僅僅是為了要確認獵犬「克里斯・丹尼爾」是否身亡，就派了老鴟隊來到冬季大洲，極光覺得如果游離・索伯烈夫真的失去了克里斯・丹尼爾的話那他也就不怎麼重要了。但是克里斯在這裡待得越久，就發現游離・索伯烈夫已經深植於十一月大洲人民的心裡。

要把游離．索伯烈夫趕出十一月大洲絕對是一場很艱難的任務，雖然極光不覺得自己會失敗，但似乎也沒有佔有絕對優勢。

『我竟然被敵人影響了。』

離開就業中心後，克里斯向陽特回報情況，說是別的組織在販售毒品，白夜反而是在監視著他們。

克里斯必須盡量保持客觀，以去除掉自己對游離．索伯烈夫的感受。

克里斯一直以來像塊海綿全盤吸收極光給予的所有知識，現在來到了十一月大洲發現自己似乎也很容易被所見所聞給影響。

〈辛苦你了。〉

克里斯過沒多久就收到陽特的回音。

〈游離．索伯烈夫會跳出來管制毒品販售是因爲他們想要佔據毒品市場，他要除掉競爭對手才能壟斷毒品的價格。〉

克里斯沒有再回答，他覺得陽特說得也有道理，但是有一件事情卻有點矛盾。

舒緩藥。

根據安德蕾雅說的唯一有生產舒緩藥的人就是游離．索伯烈夫，他壟斷生產、運輸和販賣的一條龍產業，而且會購買那些藥物的人大多是沒有這種藥物就會死亡的異能者。

克里斯越思考越覺得疑惑。

陽特真的不知道這件事，還是只是假裝不知道？

克里斯打斷自己的思緒，執行任務的時候如果不信任上司，就無法完成上司下達的命令。在這麼危險的地區，如果和上司的意見不合，不只是任務失敗甚至還會威脅到性命。

所以應該要問清楚……

克里斯沒辦法假裝不知道這件事。

克里斯向陽特表示他想要追蹤就業中心裡吸毒者的去向，也想要調查金城市藥販的下落。

目前克里斯身上的追蹤任務可以算是都結束了，吉利恩和阿帕爾納的蹤跡消失在廢棄港口，表示他們極有可能被帶到其他大洲了，所以追蹤任務就轉交給極光在其他大洲上的派遣隊。

雖然克里斯心裡覺得很疑惑，但他還是選擇相信極光，到目前為止異能者聯盟沒有拋下過自己的夥伴。在舒緩者出現之前，因為失控事件而被排擠的異能者們之間情感非常地緊密。雖然時代變遷，但是大家多少都經歷過被當成定時炸彈和慘遭嫌棄的悲慘經驗。

異能者們並不會怪罪於那些因為異能者失控而失去家人或朋友的人，但是一般人的警戒、悲傷、憤怒和排擠確實是讓異能者沒有辦法融入日常生活的原因。不管異能者們再怎麼樣為了社會犧牲奉獻，在別人眼中他們永遠就是像怪物或是某種武器般的存在。

這種孤獨感是每個異能者都經歷過的感受，就算上下班時間或是吃飯時間異能者們可以混在人群中度過，但遇到需要出示身分證的時候，對方只會笑得很尷尬或是顯露出輕蔑的眼神，這讓異能者們根本無法忽略這些感受。

他們只會變得更加自閉。

如果沒有極光這個保護罩，異能者們會一直被當成突變份子、戰爭的武器、以及災難的源頭。

克里斯收到陽特的回音，他答應讓克里斯進行新的任務。

在刺骨的寒風中，克里斯穿上大衣走進充滿人群的街頭中。儘管他比其他人高出一個頭，但是終究也漸漸消失在人群之中。

☆☆☆

毒品在十一月大洲上也是非法物品，但是就像每個陰暗的角落都有罪犯一樣，總是有很多漏網之魚。

因為在就業中心很難調查到結果，所以克里斯改變了調查方向，與其追查吸毒者的行蹤，不如去尋找逮捕吸毒者的人。

克里斯拿到了和極光有合作的警察聯絡方式，在上班時間去了金城市最大的警察局。

那是一棟非常古老的建築物，看起來是舊時代僅存的完好設施之一，古色古香卻又老舊的外觀似乎就象徵著十一月大洲舊有的氣息。

「我是克里斯。」

「我是馬琪·喬伊斯。」

已經在等候的警官和克里斯打過招呼後就帶著克里斯走進去。

警察局內部完全就是一團亂，被短暫拘留的輕微犯罪者正在敲打鐵欄杆、隨意敷衍警官審問的男子、還有對周遭噪音毫無反應的行政職員……

馬琪警官可能是羞於將警察局的狀況展示給六月大洲的克里斯看，他連忙加快腳步帶著克里斯走到裡面。

克里斯被帶到一個存放收押物品的倉庫，這裡如果沒有警官的識別編號和密碼的話就無法開門。

每一個鐵製的保管箱都有名牌，警官伸手拿了寫著「G. Delight」的箱子。

「這個是G. Delight，享受安定。」

馬琪警官邊打開裝有藥物的塑膠袋邊跟克里斯介紹，裡面的藥丸是粉紅色的，可愛到有點讓人不好意思。仔細看的話它有點像寶石一樣會閃閃發光，上面還沾有一層白色粉末。

看起來像是沾了糖粉的糖果或是軟糖。

「聽說這個會讓異能者產生類似舒緩課程的快感，所以才取了這個名字。這個是比較常見，相較之下比較便宜也容易取得的藥物。」

享受安定，這就是安德蕾雅提過的舒緩藥之一，克里斯假裝冷靜地問道。

「這真的有舒緩的效果嗎？」

「怎麼可能。」

女警官搖搖頭說。

「這是為了美化藥物所取的名字，如果真的有可以取代舒緩課程的藥物，怎麼可能會這麼便宜？」

據安德蕾雅所說舒緩藥在極光中也幾乎沒什麼人知道，經常被派遣到冬季大洲的老鴰隊隊員口中的都市傳說藥物之一「享受安定」真的是現在自己眼前那顆粉紅色藥丸嗎？

應該要私下販賣的藥物怎麼可能這麼顯而易見地出現在大家面前，這又不是舊時代的童話故事，為了找一隻藍色小鳥到處流浪，結果發現藍色小鳥就在自己去過的第一間屋子裡……

克里斯指著袋子問道。

「我可以打開來看看嗎？」

「可以，這是口服藥物，不是吸入式藥物所以沒關係。」

克里斯本來以為會長得像糖果或是軟糖，但看來只是一般口服藥物。雖然應該也有人把它搗成粉末吸入，但目前它不是粉狀，所以聞一下味道應該無妨。

克里斯打開袋子聞了享受安定的味道。

克里斯為了追蹤藥商有受過特定訓練，他聞過所有舊時代落沒後還在販售的藥物，所以可以分辨出這是哪種藥物。

大麻？鴉片？古柯鹼？

這顆藥丸的味道不屬於上述任何一種，表示這個藥丸是合成毒品，但是克里斯卻沒有聞過這種味道。

反而，

反而比較像是把舒緩者的肉割下來，沾血準備而成的盛宴。

克里斯突然覺得頭暈目眩，好像自己乘坐的車子在崎嶇不平的道路上奔馳一樣，眼前的視線一直晃動。這不是真的舒緩者也不是真的舒緩課程，克里斯靈敏的嗅覺可以感受到這款藥物有多麼虛假以及廉價。

但是克里斯仍然覺得——

『好想要。』

雖然不用比較都知道這是個廉價的便宜貨，但是……

『這是藥物還是有一點仿到舒緩課程的感覺。』

「妳說這是一款最常見的藥物嗎？」

「你走到後巷就會發現它隨處可見。」

克里斯努力讓自己的臉色不要變得太過凝重。

這雖然是合成毒藥，但是卻不是冰毒。

但也不是海洛因和古柯鹼。

罌粟花、柯古葉還有大麻有一種共同點，它們都是生長在熱帶地區，尤其古柯鹼主要分布在雨水很多的地區，像是七月大洲或是八月大洲之類的地方。

十一月大洲屬於「冬季大洲」，天氣寒冷日照不足，下雪的期間比下雨還長。

曾經在冰天雪地中脫光衣服尋找吉利恩和阿帕爾納蹤跡的克里斯實在猜想不到享受安定會是用什麼原料製造的。

所有毒品的共同點就是根據走私的距離和難易度價格會差十萬八千里。但是往來冬季大洲的航班和船隻都收到嚴格監控，如果是走私原料過來再加工，享受安定的價格應該會相當可觀。

也就是說它不可能像馬琪．喬伊斯所說的會是後巷中最常見的廉價物品。毒品和其他生活用品不一樣，不需要打價格戰，因為會有一群吸毒的忠實顧客。

不管多少錢吸毒者都會購入毒品，價格不便宜時，他們會擔心變得更貴而趕快購買；價格便宜時，他們會為了囤貨而先買下來。

「謝謝您的協助。」

克里斯檢查完藥丸後就將它還給女警官，女警官小心翼翼地將它放回鐵製保管箱之後，把克里斯送到警察局外。

回到街上的克里斯搭著前往金城十三區廢棄工廠區域的電車，他看著老舊的景色從窗外經過。比起新穎建築物，這裡密密麻麻布滿著快要倒塌的舊時代建築物。

在暗巷角落某間斷電的屋子裡，每天都在進行毒品交易。

讓克里斯感到不開心的是他和想要將毒販們一網打盡的十一月大洲掌控者游離．索伯里夫都同時在追蹤他們的下落。

這讓克里斯覺得自己好像也是一個壞人。

下了電車的克里斯邁開大步，經過廢棄工廠區域後走進後巷。

為了低調行事克里斯沒有直接進入巷弄，因為這裡幾乎是封鎖狀態，所以有外人進入馬上就會被發現。這時克里斯在空氣中搜尋到一絲甜滋滋的香味。

氣味非常微淡，如果克里斯變身成野狼可能會比較清楚地分辨出來，但是在這種小巷子是不可能出現野狼的，就算味道再淡克里斯也只能用人類的型態去追查。

克里斯整理了一下大衣，往巷子內走進去

雖然舊時代建築物大多有留存下來，但是還是有一些房屋倒塌擋住了去路。人們在崎嶇不平的路上穿梭，踩著散落一地的碎磚頭行走。

小巷子中有幾處地方感覺是比較多人聚集的，但是克里斯還是毫不猶豫地往享受安定香味的來源處前進。

一名男子突然用粗壯的大腿擋住克里斯的去路，男子手持小刀，毛髮茂盛的皮膚上紋著一片藍色的蜘蛛網。

「你是誰？」

「東西呢？」

克里斯用另外一個問題來回答對方的問題。

初次見面最好的方法就是用對方的方式來模糊焦點。

克里斯的長相很白淨，但是態度卻非常堅持。克里斯原本低著頭走路，當他抬起頭那名男子才發現克里斯比自己高非常多。

身上紋著蜘蛛網的男子，察覺到一陣壓迫感忍不住皺了一下眉頭。

「我不知道你在說什麼？」

「我聽說來這裡可以見到接頭人，是我搞錯了嗎？」

克里斯反問道。

這裡是廢棄工廠區域後巷中最偏僻的地方，沒有精準目標的人是不可能走到這裡來的。與其說自己是不小心走到這裡的路人，像克里斯這種坦然的態度反而讓男子稍微放下警戒心。

男子看了一眼克里斯身後，然後吹了聲口哨，有一名壓低帽緣的男孩跑了出來。

「你看過這傢伙嗎？」

「我今天第一次看到他，他從入口那邊毫不猶豫地走進來。」

男孩穿的褲子膝蓋部分都褪色了，也破了好幾個洞，腳上穿著一雙比自己腳大很多的鞋子，但也絲毫沒有怨言。克里斯現在才知道他就是自己在暗巷時感受到的眾多監視眼神之一。

他應該是在這種小巷子裡以偷竊維生的小孩，就像眼前的男子一樣，寄生在金城黑暗中，受黑道組織的掌控及保護。他們以乞討或是偷竊得來的金錢會被收走，然而像今天這樣有外人或是警察進入的時候，他們則是會幫忙監視和通報。

克里斯有點震驚。

因為有一些以前從未回憶過的事情，突然冒了出來，好像這些知識原本就屬於他的一樣。

「這樣嗎？是誰介紹你來的？」

「沃特。」

克里斯說出自己在就業中心發現的那名吸毒者名字，男子瞇著眼睛看著豪不猶豫回答的克里斯，讓出了一條路。

一走到裡面，克里斯就聽見各處傳來的笑聲，還有一些人像軟體動物在地上爬行，不過卻沒有任何人去扶著他們。

克里斯看到有人無緣無故地用拳頭毆打對方，然後自己也被揍，接著就扭打在一起，他們看起來完全無法控制自己的情緒。然而旁邊的人不但沒有阻止還歡呼起來，並嚷嚷著要賭錢。

這裡完全就是一片混亂。

越往裡面走，就發現附近的人顯得很無力並安靜，克里斯走進巷子就發現鐵門前面站著兩名壯碩的男子。

他們沒有阻擋或是試探克里斯，而是讓開身體並打開身後的門。克里斯直接走進去，發現眼前是一處像是實驗室的地方。

雖然沒有穿著白色實驗衣的研究員，但是到處散落著裝滿混濁液體的燒杯和錐形瓶，而某個角落中還堆滿了偽裝成偷渡客時用的大桶子。

另外，實驗室中間擺滿撒上糖粉長得像軟糖一樣的享受安定，如果只看著用巨大袋子裝著的享受安定，克里斯還以為自己來到了糖果店。

不知為何，克里斯覺得自己身在童話故事中，感覺周圍的一切都脫離了現實。

克里斯的視線不由自主地朝某個方向看去，有一名男子從那裡走出來。

「你第一次來要先繳五百克萊蒂幣。」

「你在坑錢嗎？」

克里斯冷淡的回應，雖然他不知道享受安定正確的價格，但是聽說這是最便宜的藥物，怎麼可能跟木蓮書店的古書差不多價格。

「因為你是第一次來，我們還缺乏信任，所以至少要這樣。」

男子邊用手做出數錢的樣子邊回答克里斯，從他咧嘴笑開的嘴角可以感覺出他貪婪的黑心。

克里斯嘆了一口氣，從身上拿出五個代幣丟給男子。

「這是不記名代幣，你可以去金城的任何一間銀行換錢，再用手機存到自己的帳戶。」

「搞什麼，你竟然是個有錢人？」

男子皺著眉頭說道，他用腳輕輕踢了一下裝著享受安定的袋子，笑容中露出了泛黃的牙齒。

「你早說嘛，你再給我一些代幣，我就可以給你更好的東西。」

「更好的東西？」

男子翻找抽屜拿出了一個鎖起來的盒子，克里斯想要拿走盒子，但是男子卻伸出了手。

「你還裝傻嗎，要先給錢啊！」

「你想坑錢的樣子也太明顯了。」

克里斯噗哧一笑，又從身上掏出五個代幣，並用威脅的語氣補充說道。

「你先給我東西，我再給你剩下的代幣，再怎麼老實的客人也還是客人……你應該好好對待客人。」

克里斯的眼睛突然間像野獸般地閃閃發光，在一種難以解釋的壓迫感下，錯過回嘴時機的男子吐了一口氣。

「好、好，我給你。」

那名男子手中的小盒子終於到了克里斯手中，盒子輕到完全猜測不到裡面裝了什麼。

「密碼是？」

「5—4—8—8。」

克里斯點了點頭，轉身走出大門。

「等等，這個也是你的。」

男子遞給克里斯一張紙條。

「你拿個糖果給在外面等的那個孩子吧。」

微微眨眼的男子把克里斯半推半送地推到門外，他像似要偷什麼似的伸出手，把幾個用糖紙包著的享受安定丟到克里斯的口袋裡。

好像是給克里斯什麼贈品一樣。

克里斯被推出那間像是實驗室的地方，然後眼前的鐵門被關上。

站在門外的兩名壯漢完全不理會克里斯，只是繼續守著門口，但是克里斯知道如果他試圖再次開門進去，一定會被他們兩個攔下來。

克里斯乾脆地轉身離開，雖然他給了毒販一筆不小的金錢，但是他的腳步卻絲毫不顯得沉重。

雖然克里斯說那是不記名的代幣，但其實代幣是有編號的，極光提供的所有物品都可以用那些編號來追查物品的下落。雖然他們以為克里斯給的是不記名的錢幣，但其實那是用來追查他們的一個陷阱。

雖然現在還在執行任務中，所以不能馬上凍結他們的帳戶，但之後撤離十一月大洲時，總公司就會開始行動。

克里斯再度經過那些吸毒犯，但他不打算記住他們的長相，因為他認為這一切只是為了騙人而演出的一齣戲碼。

『這都只是障眼法。』

這些吸毒者身上沒有任何享受安定的味道，克里斯一開始還半信半疑，但他一進入鐵門開始觀察內部的瞬間，就確定了那只是一場騙局。

雖然他們放了很多乾冰製造出一種在冒煙的氛圍，但是燒杯和錐形瓶周圍卻積滿了灰塵。在昏暗的光線下可以看到幾個手印，應該只是布置背景時觸摸到的印子。

他們是為了顯示自己的藥物是正宗藥物才偽造出這間實驗室的嗎？如果不是的話……

『是避免被盤查嗎？還是當貂去追殺獵物時，可以趁機逃跑？』

疑問接二連三地出現。

克里斯走到有人看守的巷口，有一名少年正等在那裡。

是剛才告訴守門人說克里斯沒有到處徘徊，而是直接走向藥販所在處的那個小孩。

原來「在外面等的那個孩子」是在說這個少年。

嚼著乾掉口香糖的少年，一跟克里斯對到眼就立刻走在前面帶路，雖然他沒有要克里斯跟著自己，但是克里斯卻自然而然地跟著他走。

少年帶著克里斯走出巷子，然後直接了當跟他說明。

「這個月就在電車站剪票口找擦鞋匠約翰。」

「這個月？」

「下個月會換人，換成送報的湯姆。」

少年若無其事地回答，克里斯的直覺告訴自己，下次他再來的話還會是這個孩子幫他帶路，看來藥販的據點是不固定的。

雖然不確定他們是不是為了要躲開警察的盤查，但是想要躲避游離·索伯烈夫的話也只能這樣做了。

「還有你剛剛的紙條要收好，那是代表你身分的標誌。」

少年邊說道邊瞄了一眼克里斯有沒有跟上來。

「如果不見了呢？」

「那我就不能幫你帶路了。」

少年皺了皺鼻尖這樣回答，他似乎想起了以前的痛苦，肩膀微微縮了一下。

看來少年因為幫遺失紙條的人帶路而被責罵過，一邊是迫切需要藥品的吸毒者，另一邊是躲著黑手黨和警察販毒的人，夾在中間的少年變得兩邊都不是人。

如果說不心疼那名少年那是騙人的，克里斯換了一個話題。

「我要給你什麼『糖果』呢？」

「那個粉紅色軟糖就算是帶路費。」

他是在說享受安定，但是克里斯知道自己這次拿到的不是享受安定。

「如果我沒有呢？」

「那就沒辦法了。」

不知道是約翰還是湯姆的少年淡淡地回答。

「我沒想到你也會吃那種東西。」

「我不吃。」

在轉出巷口前，伸長脖子探出頭的少年觀望了一下又回到原本的位置，並回答克里斯。

「如果手上有一顆糖果，那帶路的時候就可以減少挨打的機率，所以遇到大方的客人，我們就會收下糖果。」

這句話的語氣顯得很苦澀。

「但這樣就會有人為了搶糖果而對付你吧！」

「那也只能算我倒楣了。」

克里斯感覺心情有點沉重，少年似乎感受到克里斯的沉默，接著說道。

「但手上有糖果還是比較好，那些認為我沒有好好帶路的人都很粗魯而且無法溝通，如果送給他們一顆糖果，至少不會挨打。我們太常挨揍，如果可以少挨打一天，還勉強可以撐過去……」

少年似乎在擔心克里斯顧及自己的安危不給自己糖果。

「手上有糖果還是會比較安心，如果有覬覦糖果的人過來，其他哥哥們也會幫忙擋住他們。」

「好。」

克里斯感覺到口袋裡那些藥販塞給他的享受安定包裝紙發出沙沙響聲，也注意到少年豎起耳朵聆聽。

克里斯可以感覺到藥販用「贈品」引誘的不是顧客，而是帶路的少年。在黑手黨封鎖毒品的十一月大洲，讓這樣的孩子帶路其實是一件非常不合理的事情。那些傢伙為了讓孩子們不要改去做其他正當的事情，所以用這種最簡單的方式洗腦他們。

如果幫沒有紙條的顧客帶路就會受到責罰，就算是有錢人只要沒有紙條就不能幫那些人帶路，即使顧客有暴力傾向，你也必須忍耐。但是事情做得很好的話，獎品「禮物」就可以讓你預防被施暴。

人在面對自己無法承受的情況時，思考就會變得比較單純。

不知不覺他們已經走到巷子底，少年期待地看著克里斯。

克里斯在口袋翻找時手指碰到一個包裝紙，是克里斯第一次來十三區的時候，覺得克里斯很可憐的女子給他的餅乾。因為克里斯不吃餅乾，所以放進口袋後就忘記了。

過了好幾天餅乾已經變硬了，克里斯掏出餅乾。

「對不起，我沒有糖果，那你要吃餅乾嗎？」

「……餅乾。」

少年不知道自己應該要生氣，還是要覺得無言，他用複雜的表情看著克里斯。

但是克里斯口袋裡的享受安定已經碎掉了，不可能再拿給少年。

「雖然餅乾有點變硬了，但還是可以吃，這是一個好心人送我的餅乾。」

克里斯自己也知道他這種微妙的情緒並不能改變少年的現在，也不能負責他的未來。

但他還是沒有拿出糖果，而是拿了餅乾。

「我真倒楣。」

少年朝克里斯的腳下吐了一口口水，然後搶走餅乾並朝著巷子暗處跑了進去。

克里斯在少年的氣息散去之前，一直站在原地看著黑暗的巷弄。

克里斯覺得自己的行為非常愚蠢，但是就算時間倒流，克里斯知道自己還是不會把口袋裡的享受安定給那名少年。

☆☆☆

回到公寓的克里斯再次檢查竊聽器的位置，也檢查是否有被裝監視器，但是並沒有發現任何監視器。應該是因為鏡頭會反射光線，才沒有安裝監視器。那麼在家裡只要注意自己發出的聲音，不管做什麼應該都沒有影響。

克里斯先打開了藥販給自己的紙條。

上面畫著針筒的圖案並有一些潦草的字跡。

然後旁邊還有一些難以辨認的塗鴉，有點像某種暗號。他們每隔一段時間就會更改暗號，如果不知道現在的暗號，就不會有人幫忙帶路。

針筒應該是代表克里斯所購買的毒品種類，看起來是為了告訴負責那類毒品的藥販……

如果把毒品存放在同一個地方，被查到的時候就會沒收所有的毒品，這個應該是為了可以及時查詢毒品庫存量而設計的體系。在暗巷長大的孩子沒有空閒學認字，所以可以理解他們為什麼要畫上針筒圖案，旁邊的暗號看起來也比較像是圖案。

克里斯把紙條收好後拿出了小盒子，輸入密碼後喀啦一聲鎖頭就開了。盒子裡面放著看似全新的針筒和一個咖啡色的玻璃瓶。

克里斯舉起瓶子對著燈光一看，隱約看到了幾個字。

「G.Poison」。

紳士之毒？

克里斯想到了安德蕾雅說過的舒緩藥之一。

他們把毒品跟針筒放在一起，看來這應該是靜派注射毒品。雖然克里斯完全不想使用這種毒品，但是為了確認內容物，他打開蓋子聞了一下紳士之毒的味道，但卻感覺全身僵硬。

這似乎是濃縮的享受安定，有著非常濃郁的香氣，可以讓人瞬間崩潰並屈服於下。

「這、這是，」

克里斯摀著嘴巴喘了幾口氣，他費盡千辛萬苦才把藥瓶放到餐桌上，但他卻靠著椅子慢慢地倒了下去。

克里斯的能量在亂竄，自從他在極光醒來之後這是第一次這麼失控，克里斯疑惑地低頭看著自己的手。

克里斯的毛開始冒出來，指甲也變得尖銳，就算他盡力想讓自己恢復原狀，身體也不聽使喚。

這次變異讓克里斯感到前所未有的痛苦，好像是硬要把自己的腳折彎塞進不合腳的鞋子一樣，身體裡還有某種能量在沸騰，似乎想要衝到身體外面。

在克里斯變身為巨大野獸的過程中，他的衣服都被撕碎了。克里斯趴在地上屏住呼吸不停抖動肩膀，他感到下腹部酥酥麻麻的，視線也開始模糊，他只是聞一下味道就覺得自己快要發瘋了。

『為什麼會這樣？』

克里斯確認紳士之毒比享受安定更加強烈，雖然他試圖用前腳踩著地板站起來，但是他四肢發軟，最終還是摔倒在地。

克里斯一直在本能和理性之間搖擺不定，後來他咬了咬嘴唇，阻斷了自己的嗅覺。這沒有想像中容易，因為他越是聞到那股香味，就越想要深深吸入。

克里斯用驚人的忍耐力屏住呼吸，然後成功地變回人形。

雖然他現在幾乎是赤裸的狀態，但他還是匆忙先蓋上藥瓶的蓋子，然後打開窗戶大口地深呼吸。

像抹布一樣的衣服碎片散落在餐桌周邊和椅子上，針筒也滾到地板上了。

克里斯看著裝有紳士之毒的黑色瓶子，焦躁地撥了一下頭髮。

舒緩者的味道和舒緩課程一直以來都令克里斯作嘔，這個藥物又不是真的舒緩者，怎麼會如此令人著迷。

克里斯曾經很好奇如果真的有舒緩藥，那使用時會有什麼感覺，也想過自己使用舒緩藥會不會比較沒有排斥感。

但是事實並非如此。

克里斯並不想化身為野獸，如果一般異能者見到舒緩者是這種感覺的話，那他真希望一輩子都不要體會。他覺得自己好像從一個體面的人降格成一頭醜陋不堪的野獸，雖然克里斯沒有失去理智，但是他卻輸給了本能並且渴望那種毒品。對於一種從未使用過的藥物，克里斯覺得自己的反應太過度了。

不管是什麼毒品，都要先使用才會上癮不是嗎？

『難道是因為這樣嗎？』

克里斯臉色陰沉地這樣想著。

『說不定我在失去記憶之前使用過這種毒品。』

極光的紀錄中完全找不到克里斯的蹤跡，也不知道他是從什麼時候發現自己有超能力的。就算克里斯之前就擁有超能力，那他也是未登錄在極光的異能者。也就是說克里斯是靠著幫黑道組織做事而賺取足夠的金錢購買舒緩者，或是靠著效果不明的藥物過著有一天沒一天的未登錄異能者。

如果他是極度好運在失去記憶的同時才覺醒超能力的話，情況可能有所不同，但克里斯不相信自己有這麼好運。

克里斯現在的情況等於是阻斷了自己在調查毒品時最有用處的嗅覺，所以他感到非常沮喪。但是如果他在敵營中突然變成一條發情的狗，別說是任務失敗了，他甚至會暴露身分並被帶到游離．索伯烈夫面前。

搞不好他會變得像之前被抓走的吉利恩和阿帕爾那一樣。

克里斯臉上冒出冷汗，可能是因為突然過於緊張，他突然感覺身體非常疲倦。

克里斯換上乾淨的衣服，並把破碎的衣服丟到垃圾桶。他突然想到椅子底下有竊聽器這件事，慶幸自己有咬緊牙關忍耐住，除了砰砰聲外，應該沒有發出其他聲音傳到對方那裡。

克里斯為了安撫自己緊繃的神經開始看書，結果看不到幾頁他就默默闔上《Dracula 德古拉》這本書，因為他根本沒辦法專注於書的內容。

克里斯知道自己現在需要的是什麼，但是猶豫不決的心情讓他無法付諸行動。

十一月大洲的寒風從敞開的窗戶吹過克里斯的臉頰，但他還是覺得紳士之毒濃郁的味道還沒有完全散去，他覺得他必須立刻吸入新鮮的空氣。

最終克里斯嘆了一口氣站了起來。

他經過唐約翰的雜貨店走到街上，街道上的店家大多數都關門休息了，但克里斯不但不覺得孤單，反而感到很平靜的原因是這條路的最底處就是木蓮書店。

如果不是因為他的心情非常沉重，他的腳步會更加輕盈。

在走過黃磚路後，他就可以看到他的翡翠城。

他隔著木蓮書店的玻璃窗看到了游離。

他這幾天故意不經過書店附近，因為光是看到跟游離差不多的人影，克里斯都會嚇一跳。如果克里斯再多聯想到有關游離的事情，那他的心臟就會忍不住怦怦跳。

但是至少比對藥物上癮好，與其被那個不知道原料、也不知道到底有沒有舒緩效果的藥物操控，那被情感牽著鼻子走感覺還比較好一點不是嗎？

克里斯大步往前走。

克里斯推開門的同時，一如既往地聽到鈴鐺的聲音。

「歡迎光臨。」

只要有人進來，游離就會看一眼，並跟對方打招呼。

克里斯覺得現在終於可以輕鬆呼吸了。

這種紙質書香加上芳香劑混合著寧靜的空間，是其他地方感覺不到的，因為紳士之毒引發的不適感似乎徹底消失了。

克里斯一轉頭就和看向這裡的游離對上眼，克里斯瞬間像是被野獸鎖定的獵物一樣感到全身僵硬。

看著游離的紫羅蘭色眼睛，克里斯感覺有點奇怪，好像自己曾經被那種視線盯著看過，一股緊張感從背後升起。

如果沒有眼鏡隔開這道目光會怎麼樣呢？

游離自然而然地代替呆滯的克里斯打破了沉默。

「上次給你的書都讀完了嗎？」

「呃，那個。」

丟下《Dracula 德古拉》這本書從家裡落荒而逃的克里斯覺得有點尷尬。

被克里斯丟在房間的不只有《Dracula 德古拉》，還有花了三千克萊蒂幣買的五本書，那五本書先是被當成墊腳石，後來被鋼琴椅取代後，一直被堆放在角落。值得慶幸的是《Northanger Abbey 諾桑覺寺》和《A Farewell to Arms 戰地春夢》這兩本書是被放在床頭櫃上。

「我還沒有全部看完。」

「這樣啊！」

游離那雙紫羅蘭色瞳孔慢慢地打量克里斯的臉，今天的情況和克里斯第一次來這裡時不太一樣，游離沒有戴眼鏡，所以更顯得他的眼神非常強烈。

「我又沒有要出作業給你，你不用這麼緊張。」

沒有眼鏡遮蔽的紫色眼睛感覺比之前更加銳利，克里斯吞了一下口水，他覺得今天喉嚨特別乾燥。

「我又不是你的老師。」

「你竟然扯到老師。」

克里斯尷尬地笑了一下，就把視線轉向書櫃。如果游離真的是他的老師，他應該會是一名非常差的學生，不是因為他想盡辦法想要引起老師的注意，而是因為只要他跟游離在同一個空間，就無法集中注意力。

就像現在一樣。

克里斯隨身拿起一本書翻閱，在古意盎然的書櫃中絢爛的字體正在展現自己的魅力，但是克里斯卻一個字也讀不進去。

聽到步步逼近的腳步聲，克里斯停下了動作。

「你喜歡《Ilias 伊里亞德》這本書嗎？因為出版社不一樣，所以內容也會稍微不同。」

從櫃檯走出來的游離不知不覺地站在克里斯身後。

書櫃裡這麼多書，克里斯怎麼會就剛剛好拿到一本第一次來這裡就買過的書。

「因為讀起來感覺完全不同，覺得很新奇。」

克里斯本來想含糊其辭，但他嘆了一口氣，改說了實話。

「不是，我是騙你的，其實我只是隨便拿了一本書。」

但他不好意思看著游離，克里斯很討厭那個一看到游離就變得笨拙的自己。

克里斯覺得以往只顧著推薦書籍和結帳的游離今天變得很和善，他只不過是主動來看自己選了什麼書，就讓自己覺得心情飄盪，就連藏在鞋子裡的腳指頭都忍不住蜷縮起來。

「嗯。」

游離一直凝視著克里斯，雖然游離只是摘下了眼鏡，但是克里斯卻覺得游離好像脫掉了一層外皮，表情比平常更加觸動自己。

那雙紫羅蘭色的眼睛正在觀察克里斯。

「你第一次來書店那天也是這樣吧，其實你不是因為喜歡看書才進來這裡的。」

短暫的沉默後，游離問了克里斯一個他一直想迴避的問題。

「那你為什麼要來這裡？」

克里斯只要跟上次一樣，說自己很喜歡這裡的氣氛所以常常過來就好了。

不管他再怎麼努力那句話還是一直卡在克里斯的喉嚨裡說不出來。

「……我是來看你的。」

克里斯好像被施了什麼魔法一樣，直接說出了這句話，然後自己嚇得摀住了嘴巴。

他非常想要咬舌自盡。

淡淡的紳士之毒香味似乎掩蓋了克里斯那晚偷偷自慰的羞恥心，但是他看著游離，當時的感官卻又變得歷歷在目。

克里斯領悟到自己不應該在身體狀況不好的時候來這裡，他甚至認為是藥物的關係才讓自己衝動地來到木蓮書店。

克里斯認為自己說錯話了，偷偷瞄了游離一眼，但是游離的表情卻很模擬兩可。

從游離的臉上完全看不出來他是高興還是不高興。

「你不是推薦了很多不錯的書給我嗎？」

克里斯覺得口乾舌燥，等待游離回答的這段時間克里斯覺得心情非常沉重，就好像肩上掛著一個固定幾千噸郵輪的錨似的，游離越是沉默克里斯心情越沉重。

「……因為我經營的是一家書店。」

游離感覺到克里斯急迫地想要保持冷靜，沒有再挑剔克里斯的語病。

游離快速地選了三本書。

《I know why the caged bird sing 我知道籠中鳥為何歌唱》、《In cold blood 冷血》、《Little

Women 小婦人》……
克里斯的目光掃過那些書名。
「這是我今天推薦的書籍。」
對於克里斯來說他根本無法拒絕游離推薦的書籍，這等於是強迫購買。
但是這家優質書店的老闆並不知道克里斯的心情，所以也不能怪罪於他，是執行任務中還被平民吸引的克里斯錯比較大。
「真的很謝謝你。」
克里斯轉開視線，低聲地說道，但同時他卻覺得頭暈目眩。
不知道是不是因為他來到木蓮書店後心情比較放鬆，還是因為他好不容易才壓抑住自己莫名想對游離傾吐內心的想法，所以覺得身體有些無力。
他不能在游離面前表現出自己的身體狀況很糟糕，他已經說錯一次話讓自己感到非常丟臉了。
克里斯拿出手機並問道。
「書多少錢……」
「這是非賣品。」
「咦？」

走回櫃台後的游離把書裝進紙袋拿給克里斯。

「那為什麼要給我這個……？」

游離不是已經知道自己之前買的書都還沒看完了嗎？

「你不要嗎？」

「我不能拿這些書。」

「總有一天它們會派上用場的。」

最後克里斯只能順著游離的意思，空出手的游離走到書店裡面，拿了一件大衣走了出來，手上還換了一副黑色的皮手套。

克里斯應該跟他說聲謝謝，但是游離轉身後還呆滯在原地的克里斯在游離推開門的時候才回過神來。

「走吧！」

走出櫃檯的游離穿上大衣還仔細圍上圍巾，然後關上了書店的大門。克里斯拿著游離給自己的三本書，試圖想要猜測游離的內心想法。

不知道是不是第一次遇到話這麼少的人，還是他把游離想得太複雜，所以很難猜測游離的想法。

「跟著我走。」

克里斯就像被花衣魔笛手迷惑而跟著他走的哈梅恩市孩子們一樣跟在游離後面，游離好像很習慣身後有人跟著自己一般，頭也不回地往前走，這和克里斯在十三區所遇到的鞋匠約翰有非常不同的感覺。

游離的腳步停在一家藥局前面。

克里斯根本不知道這條巷子裡有一家藥局，他轉頭用一種疑惑的眼神看向游離，這時游離開口了。

「你從進來書店開始就一直冒冷汗，從其他大洲過來的人因為無法適應氣候變化，常常會身體不舒服。」

游離的語氣不太友善但卻很有禮貌。

「你應該吃一些退燒藥，然後好好休息一下。」

「謝、謝謝你。」

克里斯把游離給自己的第二份禮物當作救命稻草般地抱在胸前，並結結巴巴地回答游離。

克里斯按照游離的意思進入藥局買了一盒對自己完全沒有用處的退燒藥，克里斯懷著感謝的心情決定要開口請游離吃晚飯，轉身後卻發現游離已經消失得無影無蹤。

游離剛剛站的位置顯得非常空曠。

憾。

克里斯知道游離沒有跟著自己進入藥局，但是他沒有跟游離說到再見還是覺得有些遺憾。

『難道他明明很忙碌，還特地帶我來藥局嗎？』

仔細想想現在的確是木蓮書店的營業時間。

克里斯緊緊抱著藥袋和木蓮書店帶回來的書，游離可能只是隨手幫一下常客的忙，但是克里斯卻總是會賦予其他意義，這真不是一個好現象。

克里斯就像情竇初開的少年一般，在記憶中追尋游離的蹤跡，在舒緩者面前總是可以保持冷靜的思想，現在似乎完全失去了理性。

克里斯無法自拔地被一名只說過幾句話的男子給吸引。

這是克里斯失憶甦醒後第一次對某個人產生依戀感，所以他感到有點驚慌。但是這種情緒卻像流水一般自然，只要克里斯一閉上雙眼，腦海裡就會浮起游離的樣子。

克里斯不知道自己為什麼會有這種心臟揪在一起的感覺，他感到有些混亂。

『冷靜一點啊！』

這種連自己都搞不清楚的怦然心動，是不可能告訴別人的，更何況他還是隱瞞身分來十一月大洲執行任務的人。

克里斯不能因為個人情緒而忽視自己的任務，而且異能者對一般人有好感，對一般人來說是一件壓力很大的事情。

克里斯拋開雜念離開了藥局。克里斯又收下了一份禮物・他在想自己離開十一月大洲之前，一定也要準備一份禮物回送給游離。

『雪茄、古書、或是黑膠唱片。』

克里斯一想到禮物，就發現自己對游離一無所知。克里斯心裡想著也許送一雙皮手套也不錯，他慢慢走回公寓，身後的影子也漸漸變長。

可能剛好是下班時間，克里斯在樓梯間遇到正在上樓的鄰居，他看著克里斯手中的藥袋和裝著書的紙袋，表情有些微妙。

「有一陣子沒有看到你了，你最近這麼頻繁進出那家店，還有時間回家嗎？」

克里斯聽到這句話心裡一沉，他之前並沒有感覺到有人在監視他。

他猜想應該是家裡牆壁太薄，所以才能感覺到隔壁的動靜。

「如果你是說木蓮書店的話，沒錯，我常常去那裡。」

克里斯冷冷地回答後，隔壁鄰居突然壓低聲音問道。

「那個男人真的這麼吸引人嗎？」

「……你說什麼？」

克里斯沒有聽懂那個問題，他皺著眉頭看向那位鄰居。

克里斯突然覺得現在的感覺比自己的欲望在光天化日之下被展示出來還要不舒服。有時候就算不知道對方在說什麼，也能從對方的語氣感覺到一些氛圍，但是克里斯並不想知道這個問題的含意是什麼。

「不是，那個……」

鄰居男子被克里斯銳利的眼神嚇得吞吞吐吐，雖然一個人在開玩笑的時候有些人會附和自己，但也有些人會嚴肅地看待玩笑話。

「上次有一個警察成為跟蹤狂一直跟著他，後來還拿著油桶和打火機過去鬧事，我只是在想你會不會也是那種人。」

克里斯突然覺得一股火冒上來。

一方面是因為鄰居應該根本沒有真正見過游離，但是卻用那種輕蔑的語氣議論他。另一方面克里斯也對跟蹤他的警察感到憤怒，還有他也非常擔心經歷了這些事情，還默默經營書店的那名男子。

「……我不是那種人。」

低沉的聲音裡參雜著壓抑的情感，隔壁鄰居看著比自己高大又來勢洶洶的克里斯皺著眉頭，突然感到一陣壓迫感，他聳了聳肩膀有點臉紅的對克里斯說道。

「呃，是我太失禮了，祝你有個美好的夜晚。」

克里斯的視線緊緊跟著那名逃跑回家的男子。

克里斯看著那扇砰一聲關起來的門，抿了抿嘴巴。

有人一直在注意自己一舉一動的感覺不是很好，尤其是對方還提到游離的事情，更是讓人覺得非常不悅。

回到家的克里斯把洗手台的水開到最大，然後上了廁所再洗了手才出來。自從他發現家裡有竊聽器以後，他就盡量隔絕周圍發出的聲音。

克里斯把今天從游離那裡拿到的書整齊地擺在原本的書旁邊，轉過身準備去做晚餐的克里斯突然停下腳步把頭轉回去。

克里斯好像發現什麼似的，他把放在其他地方的《Dracula 德古拉》拿過來。然後克里斯把《Dracula 德古拉》放到他按照買回來順序排好的這些書左邊。

克里斯按照順序看著這些書名的第一個字母。

《Dracula 德古拉》、《A Farewell To Arms 戰地春夢》、《Northanger Abbey 諾桑覺寺》、《I know why the caged bird sings 我知道籠中鳥為何歌唱》、《In cold blood 冷血》、《Little Women 小婦人》。

「D—A—N—I—I—L」。

「丹尼爾……？」

05 Chapter five

來吧，甜蜜的死亡

一個寧靜的早晨，有別於以往蕩漾的心情，一股平靜的氣息籠罩著克里斯，他迷迷糊糊地站起來，跨過散落的書堆走向了洗手間。

克里斯站在蓮蓬頭下，轉開水龍頭一股冰涼的水從他頭頂沖下來趕走了睡意。

雖然克里斯是故意沒有打開熱水器，但是身體還是被冷到有些麻木了，從昨晚開始他的身體就有點奇怪。

克里斯努力地克制橫衝直撞的能量，打開了手機。

安德蕾雅傳來了訊息。

〈我找到天堂之吻販賣的地方了。〉

安德蕾雅待在就業中心的時間比克里斯長，看來她是經由熟人得知這個消息的。

訊息中還附加了簡短的說明。

內容是在說舒緩藥之所以分成天堂之吻、紳士之毒和享受安定是因為供應型式、投藥方式和濃度不同的關係。

天堂之吻是粉末狀，用鼻子吸入的；紳士之毒是利用靜脈注射；享受安定則是加工成吞嚥式藥丸。

訊息中還提到了安德蕾雅說自己不懂既然這些藥物的目的都一樣是為了代替舒緩訓練，那為什麼還要用不同的加工方式去製造。

克里斯也贊成這個想法，舒緩藥又不是零食，它比較接近水或空氣這種不可或缺的東西。因此沒有必要為了銷售而花錢開設加工產線，維持穩定的供應和販賣是比較明智的選擇。

『為什麼被視為禁忌中禁忌的都市傳說會這麼輕易就被找到呢？』

不僅克里斯可以輕易地買到紳士之毒和享受安定，接著連安德蕾雅都找到了天堂之吻的下落。

『真的是因為十一月大洲是個灰色地帶嗎？』

目前情況看來這個推測是最正確的。

克里斯拋開疑惑認真看了安德蕾雅寄給她的資料，總共有兩個販賣舒緩藥的地方有賣天堂之吻。一個是名叫黑坑的地方，另一個則是在金城四區的某個建築物裡。

〈黑坑是指哪裡？〉

〈那個我會再去查，我怕一次問太多會引起懷疑，然後我希望你跑一趟金城四區。〉

金城四區是極光分部的所在地，克里斯剛好要去接受舒緩課程。雖然克里斯這陣子很少使用超能力，但是因為聞到紳士之毒的關係，克里斯現在的能量不太穩定。昨天晚上情況還可以，但是今天早上卻覺得肩膀很痠痛。

克里斯計劃先去找盧卡，然後再繞去販賣天堂之吻的地方。

〈我會過去看看的。〉

克里斯回了訊息，吃了一口冷掉的麵包就站起身來，現在他有重要的任務在身。

搭上電車的克里斯揉了一下太陽穴，他從昨天狀況就不太好。

這跟游離一直擾亂自己的心無關，也跟鄰居所說的跟蹤狂沒有關係。

「D—A—N—I—I—L」。

從昨天晚上開始這幾個字母就一直環繞在克里斯的腦海中。

『應該是剛好吧？』

雖然克里斯覺得這只是個讓人不太開心的巧合，但他還是重新擺放了那六本書。

『一定是巧合。』

克里斯上傳了關於紳士之毒的報告，一直到睡覺前他都不斷地告訴自己這只是巧合。

但是輾轉反側一夜後一早就醒來克里斯還是拿起手機下載了自己權限範圍中能搜尋到關於游離．索伯烈夫的所有資訊。

資料裡沒有任何一張清楚的照片，只有一張游離．索伯烈夫模糊的背影照。照片中只能看得出他是一頭黑髮，還有對照旁邊的路燈也可以得知他的個子很高。

『這一定是巧合。』

隨著早晨降臨，克里斯低聲自言自語說道。

游離・索伯烈夫這種黑手黨怎麼可能會光明正大地經營一家書店？古書、黑膠唱片機、還有木蓮書店寂靜的氛圍和游離・索伯烈夫完全是兩種相反的形象。

雖然克里斯知道這種想法會影響自己的觀察力，但他還是否定了這個懷疑。就算克里斯所購買的書籍，就連購入的順序全部都是游離幫他決定的，但是裝睡的人是叫不醒的。

這件事情有點影響到克里斯的心情。

克里斯想起在碰巧在路上看到的游離，那個克里斯認為只是跟游離長得很像的男子搭著奧斯頓・馬丁經典款離開。

如果游離真的是游離・索伯烈夫的話，那他搭乘那種昂貴的經典車款也就說得過去了，這也可以解釋自己為什麼常常從游離身上感受到奇妙的壓迫感。

雖然克里斯可以馬上跟陽特報告這件事情，但是他還是無法理解為什麼游離要用書本排出丹尼爾這個姓氏。

丹尼爾，克里斯・丹尼爾。

巧合的是克里斯的名字剛好和游離・索伯烈夫忠誠的獵犬同名，甚至克里斯是一個失去記憶，又剛好和獵犬一樣擁有金髮藍眼的異能者。

『我在想什麼，克里斯．丹尼爾是使用念力的異能者，而我是變身野狼的獸人化異能者。』

雖然異能者存在的歷史不長，但是目前為止卻沒有發生過超能力改變的異能者，因此大家認為異能者的能力就像指紋一樣可以用來確認身分。

目前也沒有同時擁有兩種超能力的異能者出現過，除非他倒楣到是第一個案例，然後又剛好失去了記憶。

在克里斯搞清楚這是巧合還是游離故意混淆自己之前，他是沒辦法跟陽特報告的。

「真是沒想到，我還以為你會問我是不是游離．索伯烈夫。」

這應該只是開玩笑，克里斯和游離第一次見面那天，游離不就自己提過游離．索伯烈夫的名字了嗎？那時克里斯忽略姓氏只介紹了自己的名字，所以他才開玩笑地拼出丹尼爾的字母。

一般的書店老闆絕對不會想到一個普通的顧客會是執行任務的極光祕密隊員，所以才會對他開這種莫名其妙的玩笑。

一定是這樣的。

克里斯將目光轉向被太陽餘暉aaa籠罩的灰色建築物，深深嘆了一口氣。

他腦中的想法一直在改變。

從懷疑到否認，接著是警戒。

車窗反射出克里斯的表情非常難看，就像他在游離面前沒辦法掩飾自己的緊張一樣，現在的他表情非常僵硬。雖然克里斯不太擅長假裝自己的表情，但他也沒想到自己的情緒波動會表現得這麼明顯。

克里斯整理了一下自己的心情，走下電車。

克里斯努力地想要不去想游離，但他還是做不到。如果他能找到游離・木蓮和游離・索伯烈夫之間某些關聯，那他就會立刻報告陽特，並去抓捕游離。

但是在那之前，他決定先保持沉默。

克里斯感到非常內疚，因為極光在他失去記憶昏倒時，收留了自己並照顧自己。他發現自己比剛到十一月大洲時，更強烈地想要趕快找到游離・索伯烈夫。

克里斯知道自己不能因為個人感情而耽誤正事，所以他必須先找到游離・索伯烈夫。

克里斯像平常一樣觀察附近有沒有人在跟蹤自己，然後走到了極光分部，精神系的異能者一看到代幣就立刻幫他開出一條路。

克里斯一進到舒緩課程房間就看到了盧卡，盧卡的臉頰明顯地比任務初期時消瘦了許多。

盧卡安靜地伸出手，坐在對面的克里斯也伸手抓住了他。

雖然用眼睛看不出異能者的能量波動，但是舒緩者在觸碰到他們並開始舒緩課程後，就可以知道克里斯的狀態。

盧卡有些驚訝，這次的舒緩課程的能量也是一直流失。

過了很久才讓能量趨於穩定的盧卡開口說道。

「你知道你的狀態比上次還糟糕嗎？這次效果比上次還差，好像引發了舒緩干預現象。」

舒緩干預現象是指習慣適合度較高的舒緩者後，突然遇到適合度較低的舒緩者時會發生的現象。

這時候不但沒有辦法好好接受對方的能量，還有可能造成舒緩能量倒流，這是長時間接受同一名舒緩者的舒緩課程下才會發生的現象。

至少要連續進行好幾年的舒緩課程才會發生。

但是極光的異能者幾乎都是每個月換一名舒緩者，這種情況通常不可能發生。

即使符合了這些條件，舒緩能量倒流也是非常罕見的現象。

「知道。」

「你還是不想用更親密的接觸來進行舒緩課程嗎？」

盧卡對於幫克里斯進行舒緩課程漸漸感到壓力很大，畢竟他也只是一名C級舒緩者，他所能傳送的能量是有限的。

老鴇隊的隊長陽特很快就會回來接受定期的舒緩課程，其他的隊員也會一個接一個過來，盧卡必須要費盡所有精力才有可能完成這全部的舒緩課程。

在這種情況下，克里斯這種無限吸取能量的情形就會讓盧卡備感壓力。盧卡不想要再聽到舒緩者是寄生於異能者身上這種話，所以他非常想要完美地執行這次派遣任務。

也是因為這樣，盧卡才會提出可以用親密接觸來進行舒緩訓練。

但是克里斯卻一如往常地搖搖頭。

「我只想要用牽手的方式進行舒緩課程。」

克里斯不僅僅是因為舒緩課程讓自己不舒服，他也很排斥和舒緩者接觸，所以他才會拒絕那個提議。

克里斯知道這些話會讓人不可置信，所以他從來沒有跟別人提過這件事。也許是因為他的能力是化身成一頭終身只有一個伴侶的野狼，所以他很排斥親密接觸自己不喜歡的人。

這種從內心升起的感覺，彷彿在克里斯失去記憶前就存在似的，一直逼迫著他。

「你為什麼這麼排斥親密接觸？是因為你有對象嗎？」

對於盧卡的追問，克里斯只是緊緊地閉上嘴巴。

「不管是什麼原因，我今天不能就這樣讓你離開，你至少要跟我用擁抱的方式進行舒緩課程，不然這樣下去你會影響到周圍的人。」

克里斯聽到盧卡提到異能者失控的情形，他咬了咬牙。

克里斯知道自己沒辦法再固執下去了。

「……我知道了，那就麻煩你了。」

從座位上站起來的盧卡走向了克里斯，總是被認為像棉花糖一樣柔軟的盧卡表情卻變得非常僵硬。

看來盧卡是第一次要跟排斥自己的異能者進行親密舒緩課程，所以感到有點緊張。克里斯則是閉上雙眼，盡量壓抑自己的排斥感。

克里斯知道盧卡是正確的，無法接受正式的舒緩課程，反而對貪戀於合成藥物的自己才是一個不良的異能者。

克里斯常常因為自己甦醒的時候不夠完美，總是對於自己非常沒自信。有時候他甚至會認為就算自己找到過去，可能有一天也會再度忘記。

但是克里斯就算再怎麼排斥舒緩者，那個對自己充滿善意的舒緩者還是不會理會自己的情緒。

克里斯觸碰到了盧卡的肌膚，他感到舒緩能量流入到自己的身體，覺得就像有一名騎士粗魯地騎上失控野馬的背上，並用力地拉緊韁繩，克里斯勉強忍住想要推開盧卡的衝動。

不得不說這需要極度的忍耐力，但他知道這個行為對於盡心盡力想為自己進行舒緩課程的盧卡來說非常不禮貌，所以他頑固地忍耐下來。

「好了。」

原本覺得自己好像快要被領帶勒死的克里斯，聽到盧卡這句話終於解脫了，躁動的能量也終於穩定下來。

一開始臉色就不太好的盧卡現在看起來更憔悴了。

「你還好嗎？」

「還好，我休息一下就好了。」

雖然盧卡表示舒緩課程對於舒緩者的身體不會有什麼影響，但是他的笑臉看起來卻很悲傷，好像一隻翅膀被淋溼的小鳥一樣。

「真的很謝謝你。」

克里斯低頭對盧卡表達謝意，盧卡卻新奇地看著克里斯。

盧卡感覺到克里斯並不是很喜歡舒緩課程，當他們肌膚碰觸到肌膚，盧卡總是會了解一些事情。像是克里斯僵硬的身體，還有為了不要表達出自己的情感而豎起的寒毛。

克里斯看起來不是那種討厭舒緩者的人，他比盧卡所見過的任何異能者都還要有禮貌，盧卡猜想他可能真的是不喜歡和別人接觸。

對於成為正式的舒緩者，並在極光的保護下生活的盧卡，沒有想過克里斯為什麼會這麼排斥舒緩者。

但盧卡卻覺得自己為了對方的安全和公共安全而強制進行親密舒緩課程而對克里斯感到有點抱歉。

克里斯從位置上站了起來。

「我們的適合度不太好，我能幫助你的只有這麼一點，所以你要多注意身體。」

盧卡每次看到克里斯，他的身體狀態就越來越差。在盧卡所見到的異能者之中，克里斯的落差是最大的。

因為盧卡從第一次見到克里斯時他就是這樣，所以盧卡只能判斷克里斯本身就是屬於比較不穩定的類型。隨著待在冬季大洲的時間越久，克里斯的穩定度就越低，因此盧卡也感到非常緊張。

如果是在有許多舒緩者的六月大洲可能還不會這樣，但是在只有盧卡的十一月大洲上，如果異能者失控的話，盧卡可能沒有辦法幫助他們恢復正常。

「我會小心的。」

不擅長表達的克里斯表情僵硬地點了點頭，盧卡總是不經意地把目光看向克里斯。比起其他能言善道的異能者來說，這樣的克里斯說出的話每一句似乎都帶著真心誠意。

也許這才是無法用價值衡量的真實情感。

盧卡除了早早覺醒被發現是舒緩者以外，他的人生沒什麼值得炫耀，所以才會這麼重視這些無價的東西。

盧卡覺得自己從克里斯這種傑出又有禮貌的人身上得到關愛，會讓自己成為更珍貴的存在。

克里斯沒有注意到盧卡眼裡投來的目光，他逕自地走出了極光分部。

雖然克里斯對盧卡有些抱歉，但是他真的無法承受那種獨特的柔和氣味，他總是一直想起紳士之毒和享受安定傳來的香氣。那種強制傳來又具有壓迫性的氣味不禁讓克里斯心裡一沉。

彷彿是在等待克里斯的波動似的，他大衣口袋裡的享受安定突然沙沙作響，不小心碰到包裝紙的手指頭緊繃了一下。

克里斯可以清楚地感覺到皺巴巴的包裝紙。

一個，就吃一個應該不會怎麼樣吧？

只有一個應該不會讓人上癮，反而會感到很舒適……

也許是舒緩課程餘韻的關係，克里斯現在感受到的誘惑比第一次接觸這個香氣時還要強烈，這可能是一種反彈效果。

克里斯把手從外套裡抽了出來，他知道這個想法很可怕，他不敢相信自己會冒出這種想法。

這是不到最後關頭絕對不能嘗試的方法，不對，就算是最後關頭，也不應該嘗試。

克里斯很清楚使用藥物的後果，雖然說大部分的藥物對異能者來說都沒有效，可是克里斯還記得自己聞到享受安定和紳士之毒時，身體發出的那種強烈的反應。

照目前情況看來，他很有可能是在失憶之前，就對享受安定和紳士之毒上癮了。

克里斯先甩開了這個讓人不願意接受的假設，開始往目的地前進。

雖然克里斯先用手機確認過目的地，但住商合一的四區街道比較複雜，那裡的路比被人遺忘的廢棄工廠區域還要難找。

現在還是大白天，往來的路人非常多，在金城的區域中是屬於比較繁華的區域。

誰會想到毒品交易會發生在上班族頻繁往來以及完好建築物之間的小巷子內？

俗話說最危險的地方就是最安全的地方，藥販應該也是想到這一點，與其讓人在空曠的荒地裡走動，不如讓顧客在人來人往的地方進出還比較安全。

在各種老舊建築物之間，新穎的建築物就像是拼錯位置的拼圖，克里斯走進了那塊看似不協調卻又無可奈何的景色之中。

金城四區的小巷子和廢棄工廠地區的巷子不一樣，它被整理得非常乾淨。事先查看過投影圖像並背下地圖的克里斯沒有絲毫猶豫就走到了目的地。

『是這裡嗎？』

比預料中快速找到目的地的克里斯看到一棟外觀整理得非常整潔的建築物，但是已經有人先到這裡了。

一些穿著深色衣服的人圍繞著大樓，有一些人還是面向內部的，與其說他們看起來像是看守大樓的警衛，不如說他們更像是在防止裡面的人逃跑。

樓上破碎的窗戶中似乎有個像是手電筒的東西在閃爍，但是在這晴朗的天氣下是不可能有閃電的，所以這應該是異能者的傑作。

『這是白夜嗎？』

克里斯認為在十一月大洲上擁有這麼多人力，又像自己一樣在追蹤藥商的人應該只有游離·索伯烈夫了。

因此克里斯決定躲在一邊觀察情況。

克里斯把聽覺轉化成野狼，仔細聆聽那邊的狀況。

他聽到腳步聲在廢棄建築物的樓梯迴盪，過了一陣子後門被打開，一名褐色眼珠的男子和一名黑髮男子走了出來。

「……索伯烈夫先生……藥商……從十三區……往八區……」

克里斯為了隱藏自己的動靜，和他們保持了一大段距離，所以沒辦法清楚聽到他們的對話，但是看得出來褐色眼珠的男子在跟黑髮男子報告事情。

『索伯烈夫……！』

被稱為索伯烈夫先生的男人是黑頭髮，克里斯確定那個人不像游離長相斯文，而是屬於比較粗曠的那種男人。

從遠處也可以看出來他的體格強壯身高也非常高。

黑髮外加高人一等的身高。

這完全符合游離．索伯烈夫的形象。

克里斯的心臟怦怦跳，這個人的身形和他所認識的游離．木蓮相差太遠了。

這時候黑髮男子似乎感覺到有人在看著自己，他轉過頭張望，而克里斯在千鈞一髮之際躲了起來。

克里斯不太確定自己是因為緊張，還是因為發現游離．索伯烈夫和游離．木蓮是兩個不同的人而心跳加速。

那兩名男子的聲量突然提高，克里斯連忙豎起耳朵仔細傾聽。

「但是我們老大培養的那條忠犬到底跑到哪裡去了？」

克里斯聽到提到「老大」那個人的假笑聲，腦中浮起了褐色眼珠的男子，他對待組織老大的方式似乎有點不禮貌。

「你夠了。」

「如果丹尼爾還在的話，我就不用這麼拚命奔波了。」

聽著他們兩個對話的克里斯表情突然變得嚴肅，雖然他的語氣很輕浮，但是話中的含意卻非常重要。

『克里斯．丹尼爾真的失蹤了？而不是游離．索伯烈夫在掩人耳目？』

極光本來是半信半疑，但是聽到疑似白夜的人說出這些話，似乎驗證了這件事的真實性。克里斯為了尋找游離．索伯烈夫而去追蹤游離．索伯烈夫正在追查的藥商，同時意外得到這個結果也算是有點收穫。

看到同夥油腔滑調的樣子，被推測為游離．索伯烈夫的那名黑髮男子大聲咆嘯。

「你閉嘴。」

「你每天就只會叫我閉嘴。」

「你給我安靜一點。」

那低沉的語調中有一種讓人無法忽視的力量。

「好像有別人在這附近。」

空氣瞬間寂靜無聲。

克里斯屏住呼吸並繃緊腿部肌肉，好讓自己可以隨時逃跑。

「在那裡，快追上去。」

陰沉的聲音內似乎夾雜一絲血腥味。

「汪！」

一個男人假裝興奮地狂吠，朝著克里斯躲藏的地方跑了過來。

克里斯知道自己被發現了，他立刻轉身快速地往巷子外跑。這時突然有一道白色的東西閃過，那道光和剛才在建築物內部看到的光線一樣，克里斯感到身後有一股焦味，他猜想是有人使用雷電超能力在追捕自己。

克里斯以些微的距離避開了身後窮追不捨的雷電，對方似乎覺得這場追逐戰是一場遊戲。

他的眼前突然出現一道亮光，這是最後一條巷子了，但克里斯突然變得急躁。

並不是因為出口就在眼前。

「好，那現在——」

而是因為那名緊追他不放的追殺者。

克里斯感覺到一道白色雷電擊中自己的身體，這次他沒有躲掉這道雷電。

那一瞬間克里斯眼前閃過了跑馬燈，雖然他清醒的時候已經失去了記憶，但在這短短的時間，克里斯還是經歷了非常多事情。

其中最重要的就是游離，克里斯很想見一見游離．木蓮。因為這份情感尚未成熟，所以克里斯甚至不敢說出口。克里斯以為游離只是在任務中偶然相遇的人，就算再次分開也無所謂。但是克里斯一想到自己被閃電擊中，被帶進白夜後他就永遠見不到游離，不由得感到非常絕望。

『拜託！』

克里斯緊閉著雙眼，邊快速跑動內心邊絕望地想著。

克里斯已經做好了自己會被打倒在地上的心理準備，但是那道雷電並沒有對克里斯的身體造成任何影響。它只是像靜電一樣，讓克里斯感到一陣些微的刺痛感。那股電流順著克里斯的身體往下跑，在他的手腕附近發出啪的一聲，閃起了一陣火花。

克里斯一秒都沒有停歇，繼續往巷子外面奔跑。

下一秒鐘，克里斯終於跑到大馬路旁，如果他被雷電擊中的時候稍有遲疑，那他現在可能就沒命了。

路上有非常多下班準備回家的人潮，克里斯自然而然地鑽進前往電車站的人潮中往前行走。

克里斯盡量將自己隱藏在人群中，他一點都不想模仿鯉魚逆流而上的樣子。

克里斯回想到自己好不容易衝出巷子逃過一劫，嚇得全身冷汗，但克里斯顧不了這麼多，他直接混進人群中。

克里斯深吸了一口氣，調整步伐若無其事地跟著周圍的人移動。他像一隻被人抓住尾巴的老鼠一樣，快速揮動腳步，身體就像剛剛正要開始逃跑似的，還微微地在顫抖。

克里斯是從一條狹窄的巷子跑出來的，他知道自己還沒完全甩開對方的視線。

克里斯現在能逃得掉，全都是歸功於白夜的方針。

率領白夜的游離·索伯烈夫很在意周遭的眼光。如果他們會因為自身權力而輕率地對待別人，他們就不會建立就業中心也不會打擊毒販了，游離·索伯烈夫希望自己的組織和人民可以和平相處。

在這樣的老大率領之下，白夜的成員是不可能大白天在街上抓走克里斯的。

他們會把人逼到人煙稀少的地方再下手。

克里斯心跳得非常快，但是他的頭腦卻異常冷靜地思考現在的情況，情況越危急腦袋就越要保持清醒。

『快想想辦法，好好想想。』

克里斯故意沒有回頭張望，就算使用電流的異能者已經追上他了，但對方卻沒有動靜，克里斯就知道自己的判斷是正確的。

克里斯知道對方不會在有其他人的地方攻擊自己，但也不知道他會不會靠過來電昏自己，再假裝要帶自己去醫院進而綁架自己……

克里斯開始回想之前記下來這附近的地圖。

克里斯現在所在的位置不能再轉進其他巷子了，不然就會回到剛才那個販賣天堂之吻建築物的那裡。如果自己是游離・索伯烈夫的話是不可能只派出一個人跟蹤自己，克里斯遲早會被圍捕。更糟糕的是克里斯只認得褐色眼珠的男子，卻完全不知道其他跟蹤自己的白夜成員是長什麼樣子。

緊緊跟隨克里斯的褐色眼珠男子會告訴他的同伴們誰是克里斯。

所以他必須要在他們會面之前先脫離這個地方。

克里斯在經過第一個轉角的同時瞬間將大衣反過來重新穿好，他將衣領豎起來蓋住脖子，褪色的卡其色內裡翻到外面後，大衣看起來不再像大衣，而是像一件普通的休閒外套。

克里斯在重新穿好大衣的同時，拿出懷中的帽子用力戴在頭上擋住了他顯眼的金髮。

他從腰部開始調整自己的脊椎，盡量讓自己變得更高，視野也比平常更加廣闊，克里斯的肩膀張得很開，脖子也盡量伸長。

接著克里斯將自己小心翼翼並到處警戒的步伐也轉換成輕盈的腳步。

這些動作都在一瞬間完成，這是非常冒險的變身方法，如果中間有一絲猶豫就無法成功變身。

跟在身後的人為了不要跟丟克里斯所以急急忙忙轉進巷子，卻怎麼也找不到自己跟蹤的目標，不禁驚訝地張大雙眼。

他明明就盯著那名可疑的男子，怎麼會突然就不見了。

褐色瞳孔的男子在白夜裡的跟蹤能力是數一數二的。

一般人在跟蹤別人時只會注意對方的衣著和外貌，但是他不一樣，他會記下對方的體型，步伐還有走路的習慣。

人的身形不可能是一條直線，有時候脊椎會有點側彎，兩邊肩膀也有可能一高一低，坐辦公室的人脖子會往前傾斜；在工地工作的人因為習慣背重物，背會微微往前彎曲。

再加上每個人走路的習慣都不太一樣，有的人會拖著腳走路，有的人個性急躁步伐就會比較短小，或者是走路的速度也會不一樣。褐色眼珠的男子會將這一切轉化成影像輸入腦海中並追蹤他的目標物。

就算是對方換了衣服或是混入人群裡，也不可能突然改變自己的習慣，所以褐色眼珠男子跟蹤別人從來沒有失敗過。

但是今天就在轉過一個轉角的瞬間，他所跟蹤的對象就消失得無影無蹤。

那件在陽光下閃閃發亮的高檔灰色羊毛大衣消失了，雖然有許多人髮色都很淺，但是在陽光下閃耀發光的金髮也不見蹤影，也找不到任何一個人邊走路邊小心謹慎地注意四周。

再加上克里斯現在的身高比男子印象中再高了一點，雖然人們可以讓自己看起來矮小一點，卻不太可以讓自己突然長高。

男子沒想到自己會這麼容易被甩開，在他感到一陣混亂的時候，人潮又湧了上來。

如果男子有記下克里斯的鞋子特徵就好了．但是不管眼睛再怎麼利，要在這麼多雙腿中找出腳的特徵根本是不可能的事情。

『跟丟了。』

在男子感到失落的同時，也順道激起了好勝心。對方到底是什麼樣的傢伙？男子帶著這種想法，像條狗一樣邊吠叫邊往前跑。男子發現自己錯過獵物的樣子看起來有點可笑，忍不住又覺得有一股火冒上來。

褐色眼珠男子認為自己在發出第一道雷電的時候就可以抓住他的，但是自己的雷電在碰到對方身體的瞬間力量就突然散開了。這只有遇到比自己等級高的異能者時，對方使用能量波的盾牌抵擋才會發生這種情況。

男子完全無法理解，如果是比自己高階的異能者，為什麼不跟自己正面對決，反而要逃跑呢？

男子認為這次追逐戰中最大的失誤，正是剛才自己信心滿滿認為可以抓住那個觸電昏到的人而放慢腳步，對方就趁著自己猶豫的瞬間逃到了大馬路上。

但是男子還是認為自己可以抓到他，對付一個偷聽別人說話的鼠輩，更容易激起了自己的好奇心。

可能也是因為他稀有的亮金色頭髮跟主人身邊那隻效忠的獵犬一樣，因為那名男子從來沒有贏過克里斯．丹尼爾。

雖然那人不是克里斯．丹尼爾，但男子覺得拿來當作練習追捕的獵物也不錯……

『哼。』

雖然這次失敗了，但是他下次絕對不會再跟丟了。

錯過了捉捕的機會，但卻依然伸長脖子尋找獵物的樣子看起來非常愚蠢，褐色眼珠的男子哼了一聲轉頭消失在巷子之中。

☆☆☆

離開金城四區大馬路的克里斯走進附近的商店想要買一些簡便的衣服和背包，卻發現他的手機整個毀了。

嘴裡碎念著買的二手手機真是個爛貨，走出店家的克里斯表情非常嚴肅。

那名跟蹤自己的男子所發出的雷電沒有對自己的衣服或身體造成任何影響，但是手機卻壞了。大概是因為雷電和精神系異能者植入的通訊信號產生了衝突才會變成這樣。

克里斯現在無法支付克萊蒂幣，也無法跟總部聯絡，雖然極光分部就在金城四區，但是克里斯不知道跟蹤者會不會再次出現，所以他也不能貿然回到大本營。

克里斯必須要先完完全全撇除掉被跟蹤的可能性。

他決定化身為野狼經由山路回到金城八區，就算白夜再怎麼厲害，也不可能懷疑一頭野生野獸進而追捕，因為獸人化的超能力非常罕見。

下定決心後的克里斯把大衣口袋裡的享受安定丟進水溝，然後把大衣也一起丟掉。

接著他把手機投入附近的郵筒中，雖然手機已經壞了，但是只要查詢手機上的序號，他們就會把手機送給和極光合作的廠商。如果沒有人體識別或是隊長陽特的許可，強制被關機的手機是無法再打開的。

這個也是一個訊號，可以告知大家目前沒有辦法跟這支手機的主人聯絡，為了不透露出極光本部，他只能躲在安全的地方請求支援。老鵪隊的人知道克里斯可以變身成野狼，所以會前來尋找他的。

克里斯在夕陽下，沿著山路小心翼翼的移動。

在完全變身的情況下所感受到的方向感每次都讓克里斯覺得很驚奇，就好像身體裡有指南針一樣，他可以知道星星升起和落下的方位，也知道要往哪裡走才是金成八區。

這應該是野狼的歸巢本能，雖然克里斯還是覺得這種能力有點陌生，但又很有用處，尤其是在現在這種情況下更是非常有利。

克里斯不斷地前進絲毫沒有休息，反正野狼沒有感覺到有人在跟蹤自己。他沿著山脊跑動，所以就算跑得再快，回到金城八區時應該也很晚了，可能要將近午夜的時候。

因為克里斯一直在使用超能力，身體狀況變得不太好。他突然想起盧卡交代自己不要太過勉強，但是現在這種情況也是無可奈何。

就算克里斯變回人形也是光著身體，如果沒有野狼的皮毛，克里斯應該不到兩個小時就會凍死在冬季大洲的山上。

克里斯至少要以野狼的型態在山裡待到早上，郵差發現郵筒裡的手機再交到極光手上至少要花半天以上。

克里斯也沒有鑰匙可以回去公寓，況且超過兩公尺長的野狼出現在市區實在不是一件正常的情形。那可能會讓附近翻天地覆，唐約翰很有可能會拿著他掛在雜貨店的獵槍跑出來。

野狼口中傳來一陣喪氣的聲音。

克里斯自己想想都覺得有點好笑，可能是因為克里斯度過了極度危險的一天，所以現在任何想法都可以緩和自己緊繃的神經。

不對，也可能是因為過度使用超能力而讓自己頭腦錯亂的關係。

決定在山上等待極光救援的克里斯捲曲身子躺在一堆落葉上，野狼的毛非常溫暖，讓克里斯完全不覺得這裡是冬季大洲。

本來想小睡一下的克里斯突然繃緊神經，因為他感受到人類的氣息。

克里斯思考著誰會在大半夜來山裡散步，同時屏住了呼吸，不管他再怎麼悄聲行動，落葉也會發出聲音，所以他打算不動任何聲響。

野狼的金黃色眼珠在黑暗中閃閃發光。

然而被樹枝間照射下來的銀色月光包圍的人不是別人，正是游離·木蓮。

他看起來和平常不一樣，好像是從夢境和現實的界線中突然冒出來似的。

如果硬要說出哪裡不一樣的話，那就是平常遮住他目光的眼鏡不見了。

但是僅僅摘下眼鏡就讓一個人的形象轉變這麼大也太奇怪了。

游離穿的是克里斯第一次看到的三件式西裝，全身黑衣看起來就像是一隻烏鴉，可能是月色的關係，淡淡的光澤更顯現出游離的尊貴感。

游離戴著黑色皮手套的手上提著一個鐵製的箱子。

那個感覺就像是當時搭著奧斯頓・馬丁經典款離開的游離。

游離怎麼看都不像是晚上出來散步的一般居民，他看起來非常危險很像有什麼隱情。

但是克里斯的警戒心卻比平常低很多，因為他覺得游離應該是有特殊原因，才會在大半夜來後山散步。

克里斯幾個小時前剛聽到白夜的人稱呼另一名黑髮男子為「索伯烈夫先生」，所以他對於自己曾經懷疑過游離感到非常抱歉。

如果是平常理性的克里斯應該會覺得很奇怪，但現在的克里斯想到不用跟陽特報告游離的事情，就覺得很放心。這應該也跟他快要被跟蹤者抓到的時候，心裡擔心的卻只是自己會不會再也見不到游離有關。

重點是克里斯現在過度使用自己的超能力，再加上紳士之毒和舒緩課程相互干擾，他的身體狀態已經達到極限了，發著高燒的克里斯根本沒辦法做出正確的判斷。

游離好像在等待著什麼一樣，突然停下來環顧四周。克里斯盡量縮著身體，但是一頭銀毛的野狼想要藏匿自己根本是不可能的事情，克里斯也不是可以讓自己變透明的異能者。

過了一會，游離的視線就停在克里斯身上。

克里斯嚇了一跳，游離和自己對視的瞬間，冷冰冰的臉孔上露出了溫柔的表情。

游離臉上沒有露出燦爛的笑容，但他稍微克制了一下自己眼神中的壓迫感。

「好漂亮的孩子，你的毛看起來不像是真正的野生動物……你跟主人走丟了嗎？」

游離的聲音非常溫和親切，讓人完全意想不到，克里斯腦中甚至閃過一絲訝異，他思考游離這個人怎麼可能發出這種聲音。

游離一直對克里斯說話，克里斯被試圖靠近自己的游離嚇了一跳。

克里斯突然想到守在廢棄工廠區的男人說過，在十一月大洲上流浪的狼狗都很溫馴這件事。

克里斯猜想不是游離警戒心太低，而是因為在這片區域遊蕩的野獸都很溫和的關係。

游離聲音中傳來的親切感、以及幾次造訪書店時從未見過的溫柔形象對他來說，似乎比享受安定和紳士之毒有更強烈的誘惑力。

就算克里斯沒有露出牙齒對游離吼叫應該也不是件奇怪的事，在隊員明天趕到這裡之前，他不能做出引人注目的行為。像野狼這種危險的野獸，如果對人類表現出敵意就很容易被抓走。

他好不容易躲過白夜的追蹤，如果以野獸的形態被抓住的話，事情就會變得非常複雜。

克里斯覺得自己的邏輯推斷十分合理。

他決定自己就算不露出肚子表示親暱和服從，也不能對著親切的游離張牙舞爪。

看著試圖靠近自己的游離，克里斯稍稍往後退了一步，如果有必要克里斯就可以漸漸拉開距離。

但克里斯突然停下腳步，因為他看到游離把手套脫了下來。在月光的照射下白淨的手掌更顯得更蒼白透明，可能是因為平時很少曬到陽光的關係。

本來想要退後的克里斯，彷彿被那隻手迷惑住似的眼神離不開游離的手，游離從來沒有露出脖子以下的身體過，這是他第一次展示出自己裸露的肌膚。

游離似乎是從野狼的視線裡讀到了許可的意向，他毫不猶豫地伸出自己的手。

觸碰到游離的瞬間，克里斯感覺到自己內在波動的能量瞬間穩定下來，就像是颱風來臨時，暗潮洶湧的大海突然變得平靜一樣。

克里斯覺得自己什麼都聽不見看不見，似乎也感覺不到任何味道、聞不到任何香味。

從極光醒來之後，一直困擾著克里斯的所有感受在這瞬間都消失了，兩道透明的水流從野狼睜得大大的眼睛中流了下來。

要怎麼說明這種強烈的感覺呢？

驚愕和震驚、懶洋洋的愉悅感和開心、驚奇感……

游離・木蓮是舒緩者。

雖然現在不是以舒緩課程為目的，但經由一次觸摸就可以穩定住即將失控的A級異能者能量，表示游離是一名非常高級的舒緩者。

「唉……」

游離紅潤的嘴唇中傳來了嘆息般的聲音，那個聲音像是引發了克里斯的感官似的，朝著游離飛撲過去。

克里斯的眼裡只有游離，他只看得到游離的面孔和微微張開的嘴唇。克里斯清楚地感受到空氣中的黑櫻桃香味，以及木質餘香的韻味。

克里斯之前消失的感官正在慢慢恢復中。

就像是為了要感受游離的存在一樣。

克里斯覺得自己的世界正以游離為中心重新建造中，在這附近他能感受到的只有游離一個人。

該怎麼形容這種奇蹟呢？

克里斯想要像個孩子般嚎啕大哭，強烈的佔有欲讓克里斯想要緊緊抱住游離，不讓他去其他地方。多數的異能者都會對每位舒緩者有這種情緒，但克里斯卻只在面對游離時才出現這種感覺。

但是不知道為何，游離看著克里斯的眼神卻變得非常無情。剛才還像是撫摸小狗般地輕撫克里斯的腦袋，但現在游離的手突然粗暴地抓住野狼的下巴並往前拉。

「原來你是異能者。」

銳利的目光就像是要劃破克里斯的臉頰一般。

「我怎麼會沒發現呢？」

克里斯感覺到下巴一陣疼痛，但是他卻絲毫不想要反抗，只是迫切地望向游離。

溫和的嗓音褪去，游離的表情變得非常殘忍，可能是因為摘下眼鏡的關係，平常略帶性感的臉孔現在充滿著不屑的表情。

怎麼了？

克里斯不知所措地盯著游離，他眼睜睜地看著游離從懷中掏出一把克拉克手槍塞進自己的嘴裡。

碰！

隨著那聲無情的聲響，克里斯的眼前變得一片模糊。

克里斯的嘴裡沒有發出野獸嗷嗷叫的聲音，他感到劇烈的痛苦以及血液從身體裡緩緩流出的感覺，彷彿自己的生命也一起流失了。

隨著時間流逝，死亡漸漸包圍住克里斯。

克里斯的腳趾開始麻木，但他還是沒有搞清楚現在的情況。

剛才升起的喜悅和安心感，以及那片刻的寧靜比痛楚更加強烈地掌控克里斯的腦袋。

克里斯抬起頭用無辜的眼神看著游離，彷彿是這輩子最親愛的主人拿著槍指著自己一樣，野狼的眼神充滿著憂傷及期待，既悲傷又目不轉睛地盯著游離。
但是一直看著克里斯的游離卻突然冷酷地轉身離去。

來吧，甜蜜的死亡，來吧，甜蜜的安息！
趕快帶著我走向寧靜。

不知為何，故障的黑膠唱片機傳出男高音的歌聲不停地迴盪在耳邊。

我厭倦了這個世界。[2]

在克里斯永遠閉上眼睛之前，他似乎聽到遠處傳來的聲音。

「……你真的是假的嗎？」

——《自我毀滅的愛02》待續

2 約翰・塞巴斯蒂安・巴哈BWV（Bach Werke Verzeichnis）478〈來吧，甜蜜的死亡〉（Komm, süßer Tod）。

高寶書版集團
gobooks.com.tw

CRS027
自我毀滅的愛 1
셀프 디스트럭티브 러브 1

作　　者　Nichtigall 夜鶯
譯　　者　翟云禾
封面繪圖　Junseo 峻曙
編　　輯　賴芯葳
美術編輯　彭裕芳
排　　版　彭立瑋
企　　劃　黃子晏

發 行 人　朱凱蕾
出　　版　朧月書版股份有限公司
　　　　　Hazy Moon Publishing Co., Ltd.
地　　址　臺北市內湖區洲子街 88 號 3 樓
網　　址　www.gobooks.com.tw
電　　話　(02) 27992788
電　　郵　readers@gobooks.com.tw（讀者服務部）
傳　　真　出版部　(02) 27990909　行銷部 (02) 27993088
郵政劃撥　19394552
戶　　名　英屬維京群島商高寶國際有限公司臺灣分公司
發　　行　英屬維京群島商高寶國際有限公司臺灣分公司
初版日期　2023年6月

國家圖書館出版品預行編目 (CIP) 資料

自我毀滅的愛 / 夜鶯作 ; 翟云禾譯 . -- 初版 . -- 臺北市
: 朧月書版股份有限公司出版 : 英屬維京群島商高寶國
際有限公司台灣分公司發行 , 2023.06
面 ;　公分 . --

譯自 : 셀프 디스트럭티브 러브

ISBN 978-626-7201-76-3 (第 1 冊 : 平裝)

862.57　　　112008051

朧月書版

朧月書版

GOBOOKS
& SITAK
GROUP©